Santeri Ivalo

Reservikasarmista; Muistoja sotamiesajoiltani

suuraakkosin

MEGALI

Santeri Ivalo

Reservikasarmista; Muistoja sotamiesajoiltani

suuraakkosin

Alkuperäisen jäljennös.

1. painos 2023 | ISBN: 978-3-38709-794-8

Megali Verlag on Outlook Verlagsgesellschaft mbH:n imprint.

Verlag (Julkaisija): Outlook Verlag GmbH, Zeilweg 44, 60439 Frankfurt, Deutschland
Vertretungsberechtigt (Valtuutettu edustamaan): E. Roepke, Zeilweg 44, 60439 Frankfurt, Deutschland
Druck (Painotalo): Books on Demand GmbH, In de Tarpen 42, 22848 Norderstedt, Deutschland

RESERVIKASARMISTA

MUISTOJA SOTAMIESAJOILTANI

KIRJA
SANTERI INGMAN
(IVALO)

1913

Muistoja sotamiesajoiltani.

Toisinaan, kun päivän paahtavimmassa helteessä seisottiin kuivalla hiekkakentällä ja tehtiin kivääritemppuja uudelleen ja uudelleen ja aurinko suoraan paistaa porotti suojattomiin silmiin ja hiki valui pitkin kylkiä ja sääriä, tuntui tuo soturikomento kaikkein tuskastuttavimmalta, naurettavimmalta ja inhottavimmalta laitokselta, johon ihmisjärki voisi hairahtua. Taikka kun ihanimpana kesäiltana, nojautuneina kasarmia kiertävää aitaa vastaan, katsottiin päivän laskua metsän taakse ja muistettiin kuinka suloisia hetkiä nyt voisi viettää jos olisi omassa vapaudessaan, jos saisi istua jonkun viileän kuistin portailla ja laskea leikkiä toisten nuorten kanssa ja nauttia iltahetken herttaisuutta, — silloin tuli toisinaan kirastuksikin ja sadatelluksi sen miehen muistoa, joka ensimäisenä keksi riistää ihmisiltä heidän persoonallisuutensa ja vapautensa, tehdäkseen heistä koneita sotamiehen muodossa.

Mutta ne viikot menivät, enkä jälestäkäsin kadu sitäkin koulua käyneeni. Niiden viikkojen ajoilta on jäänyt niin monta huvittavaa ja muistettavaa pikkuseikkaa mieleeni, että nyt melkein voin käsittää miten vanhoilla sotureilla vielä elämänsä ehtoolla voi olla nautintoa muistaissaan ja kertoessaan tapauksia entisiltä sotamiesajoiltaan. Totta tosiaankin, jos olisin runoilija, voisin kirjottaa kokonaisen runovihon olostani reservikasarmissa, ja jos olisin hyvä runoilija, tulisi siitä mainio parodia "Vänrikki Stoolin tarinoista"; taikka kenties mieluummin kuusmittainen eepillinen runo kahdessatoista kirjassa. Toivottavasti joku vastainen Suomen suuri Runeberg ottaa huomioonsa tämän kiitollisen aiheen. Sitä odotellessani pyydän kaikessa suorasanaisessa, vaatimattomuudessani ystävällisiä lukijoita seuraamaan minua takaisin 33:nnen Suomen reservikomppanian kasarmiin, märehtimään sieltä muutamia muistoja sotamiesajoiltani.

I. Onko reservimies sotamies?

Kerron "sotamiesajoiltani", vaikka minun kenties oikeammin pitäisi kertoa vain "reservimiesajoiltani", sillä mielipiteet siitä, onko reservimies sotamies, ovat tietääkseni erilaiset.

Ainakin "lähin päällikköni", ensi plutoonan toisen osaston päällikkö, tarkka-ampuja Makkonen, oli sitä mieltä että sotamies ja reservimies ovat aivan eri asioita, ja vaikka tuo tieto hieman lannisti kunniantuntoani, kun näet minäkin olisin tahtonut kehuskella olleeni sotamiehenä, — niin ketäpä reservimies uskoo ellei päällikköään.

Seikka oli näet semmoinen, että osastopäällikkö Makkosella ei ollut velvollisuutta — tuskin oikeuttakaan — pitää niitä "sisäharjoituksia", joissa nämä soturielämän tärkeät arvoasteet tyystin ja tarkoin opetetaan ylimmästä alimpaan saakka. Mutta hän halusi itse antaa alamaisilleen juuri siitä pienen erityisläksyn.

Hän oli näet, kuten jo mainitsin, pelkkä tarkka-ampuja, vaikka päällikkönä olikin, ja tuo seikka tuntui häntä itseään hiukan huolettavan. Jos olisi ollut edes jefreitteri, jos olisi ollut yksi ainoa vaatimaton nauha olkapäillä, niin hän jo olisi ollut oikea oikeutettu päällikkö. Mutta ei. Hänen ei ollut onnistunut saada yhtään nauhaa, hän oli pelkkä sotamies, ja siitä syystä hän käsitti, että tuhman reservimiehen on vaikea huomata antaa hänelle, niinkuin päällikölle, hänelle tuleva arvonsa ja kunnioituksensa.

Sentähden hän, kun kerran levättiin "volnassa" jostakin ankarasta ampuma-asennosta, yhtäkkiä asettui hyvin vakavan ja opettavan näköisenä hajasäärin rivin eteen ja alkoi:

— Kostamo.

(Kostamo oli osaston ainainen syntipukki. Hänestä saan vielä myöhemmin kirjoittaa erityisen kuvauksen.)

— Kostamo!

Ei vastausta.

— Kos-ta-mo!!

— Minä... herra... herra...

— Sinä herra! Eläkä nosta kättä ohimoille kun rivissä seisot — tolvana! Kuinka vastaat päälliköllesi jos hän, niin kuin nyt esimerkiksi minä, sattuu sinulta jotain kysymään? Hä? Kostamo!

— Juu... herra... aliupseeri.

— Niin, juuri niin, jos minä nyt satun olemaan aliupseeri. Mutta olenko minä aliupseeri?

— Ette... herra...

— No kun mulle vastaat, niin miten silloin sanot?

— Sanon että... ette ole...

— Voi sun siunattu sitä tyhmyyttä. Siinä sen kuulette muutkin kuinka tökerö voi olla Jumalan luoma ihminen. — Kostamo: mikä minä olen?

— Makkonen.

— Niin, vaan puhutteletko sinä minua vain niinkuin tuota Tikkaa, että kuule sinä Makkonen? Mikä minun arvoni on ja arvonimeni?

— Herra.

— Herra kyllä, vaan mikä muu? Olenko minä aliupseeri, vai olenko reservimies, vai olenko torvensoittaja, vai mikä minä olen...? Ei ymmärrä pukki venättä. Sano sinä, Tikka, mikä minä olen?

— Sotamies.

— Niin, se lähti yhdellä kertaa, kun oikeasta miehestä lähti. Sotamies, eli tarkka-ampuja Suomen tarkka-ampujapataljoonassa. Vai oletko sinäkin Kostamo sotamies?

— Olen.

— Oho, siinäpä se juuri olikin erehdys. Sinäkö sotamies, siis aivan samanarvoinen kuin minä, että jos minä astun riviin ja sinä tähän komentamaan, niin ykskaikki, sama juttu. Olisiko se niin — hä? Minä kävisin oikein pataljoonassa oppia kolme vuotta ja sinä täällä kuusi viikkoa, ja sitten me olisimme yhden arvoisia — hä? Ei siitä puhettakaan. Teistä ei ole sotamies yksikään eikä yhdestäkään koskaan tule, vaan mitä te olette?

Makkonen kysyy puolen riviä järjestään joka mieheltä, mutta ei kukaan tiedä. Kaikki ovat luulleet olevansa sotamiehiä, ja kun he sitä eivät ole, niin muuta he eivät tiedä.

— Ette te ole sotamiehiä, vaan reservimiehiä te olette, muistakaa se. Sotamiehen ja reservimiehen välillä on erotus suuri, se on yhtä suuri kuin jefreitterin ja luutnantin välillä, taikka niinkuin minun ja teidän välillä. — No, Kostamo, miten vastaat siis minulle, kun sinulta kysyn?

— Minä, herra sotamies.

— Niin, herra sotamies, taikka paremmin herra tarkka-ampuja, sillä minä olen oikea tarkka-ampuja, jommoista sinusta ei eläissäsi tule. Muista se toiseksi kertaa, kun sinulta kysyn.

Alettiin taas tehdä ampuma-asentoja. Makkonen komensi ja huusi jos mahdollista vielä kovemmin kuin ennen, tuntien syvästi oman arvonsa.

II. Ensi ilta.

Mieliala kasarmissa oli apea, hitaasti kuluivat ne autiot tunnit.

Oltiin ensi iltaa reservimiehenpuvussa. Jo edellisenä iltana oli tosin saavuttu kasarmiin, mutta silloin oli vielä saanut omissa vaatteissaan liikuskella vapaasti pihalla ja maantielläkin ja omissa vaatteissaan myös viskautua nukkumaan kasarmin kylmästi tervehtiville lavereille, uneksimaan alkavista vaivoista ja päättyneestä vapaudesta.

Niin eilen vielä, mutta nyt oltiin jo sotapuvussakin, leveät hurstihousut jalassa, lianharmaja virkatakki hartioilla ja päässä pieni soikea kairalakki. Oltiin reservimiehiä, kaikki yhdennäköisiä. Jo tuota pukua katsellessaan kävi miehille ikäänkuin selvemmäksi ja syvemmäksi se haikea tunne mikä sydämessä asui. Heiltä oli riistetty se persoonallisuuden, se itsemäärääväisyyttä leimaavan vapauden tunnusmerkki, minkä ehonvaltainen vaatetus suopi jokaiselle, hienoimmalle ja ryysyhimmälle, kauppapalvelijalle ja kivityömiehelle. Tukat oli keritty, korkosaappaat pantu kaikille jalkoihin, ja pituutensa mukaan olivat miehet mitatut ja numeroidut. Ja heistä tuntui, — joskin useista hämärästi ja epäselvästi — etteivät he enää olleet omia itsiään, eivät enää Pekkoja, Paavoja eikä Jusseja, vaan että olivat pelkkiä — numeroita.

Ruunun velli oli syöty ja iltahuutoa odoteltiin, — eli yleensä illan kulua. Samanpuolelaiset pysyttelivät yksissä ryhmissä, istuskelivat enimmäkseen ääneti mikä missäkin; väliin vain joku virkahti sanasen, pari, matalalla äänellä, mutta varsinaista keskustelua ei syntynyt. Muutamat olivat viskautuneet nurmikolle maantienpuolisen aidan kupeelle ja katselivat siitä edes kaihoten sitä vapautta, joka heiltä oli katkaistu. Mutta siihenkin tuli aliupseeri ja komensi aitov"ereltä pois: nurmikolla loikominen on kovasti kielletty, siitä ankarasti rangaistaan.

— Ota hänestä sitten selvä mistä ei rangaista... ja sekin rangaistus tuo jaksettanee kärsiä.

— Jo vain nuokin nurmet saatanee miehissä maksetuksi, minkä siinä lienevät pilaantuneet.

Niin murahtelivat miehet, vääntäytyen siitä verkalleen hiekkakäytävälle. Vaan kun upseeri kääntyi päin ja rääkäsi että: mitä? niin kävelivät he sanaa puhumatta pihallepäin.

Ruokasuojassa piti vääpeli haluttomasti kuuntelevalle miesjoukolle kansantajuista esitelmää, miten heidän tulisi menetellä takapihalla kulkiessaan, ja miten eivät saisi — rangaistuksen uhalla — menetellä. Siitä annettiin vielä virallisesti iltahuudossa kaikille tarkat säännöt.

Muutamat hyvästelivät portilla jotain toveriaan, joka lääkärintarkastuksessa oli päästetty vapaaksi ja nyt iloisin mielin teki lähtöä kasarmista.

— Ja sanohan terveisiä, ettei täällä ole hätää mitään, vähän työtä ja paljo palkkaa.

— Sanotaan, sanotaan.

Tuollaisella rohkaisevalla sukkeluudella koetti eräs evästää lähtevätä. Mutta kun tämä aidannurkasta oli kääntynyt oikealle, kääntyivät jälelle jääneet vitkalleen pois portilta, eivätkä uskaltaneet toisiaan kohti katsoa, maahan vain tähystivät.

— Sillä se onni oli tuolla Heikillä, kun talvella särki käsivartensa halkopinon alle.

— Kaatui minunkin olalleni tässä keväillä ranka, mutta kestipähän...

Kasarmissa katselivat toiset kummissaan yksitoikkoisia, autioita seiniä ja kaksikerroksisia, liistapuilla miehittäin paistatettuja lavereita, jotka heidän mieleensä niin ehdottomasti muistuttivat tallin pilttuita, ja he tunsivat jo melkein olevansakin ilkeästi luontokappaleen kaltaisia... Tuollaiseen parteenhan sitä nyt kesäkseen on kytketty...

Joku rohkeampi uskalsi ajankuluksi ehdottaa kellon huikkausta, mutta toisilla ei nyt sydän antanut myötä sellaiseen leikkiin ja ehdottajakin pisti nolostuneena kellonsa ruunun takin alla olevan liivinsä taskuun. Hän istui laverin laidalle ja katseli siinä pitkin leveitä housunlahkeita alas kenkiään, jotka hänellä oli omat jalassa. Ne tuntuivat nyt niin omituisen rakkailta ja kauniilta nuo omat kengät...

Jo se aika osasi käydä pitkäksi! Tunnit tuntuivat päiviltä. Tekemistä ei ollut miehillä mitään, ja jo kymmeneen kertaan olin minäkin ehtinyt päivän kuluessa käydä ympäriinsä jokapaikassa kasarmiaituuksen sisässä. Ajatuskin tuntui kulkevan niin työläästi, yksi ainoa mielle siinä pyörieli, nimittäin että milloinkahan tämän surkeuden viime päivä koittanee, — koittaneeko koskaan! Tähän se nyt kuluu paras puoli kesää, ja sittenkin on vielä toinen puoli palvelusaikaa jälellä.

Sitä miettien nousin taas pienelle kivikunnaalle, joka kohosi päällikön talon takana, ja josta näkyi maailmaa kasarminaituutta hiukan avarammin. Kapusin katajikkojen lomitse ja kuulin samassa pehkon juurelta hiljaista puhetta. Katsoin; näin kaksi kohtalotoveriani istumassa kylikkäin kiven kupeella. He keskustelivat hekin verkalleen siitä, mikä sydäntä painoi, ja — söivät. Eväslaukku oli heillä välissään, siitä leikkasivat vuoron päältä leipäpalan, vääntivät voita päälle, ja toisessa kädessä pitivät läskiviipaletta, josta aina palan purasivat.

— Jotta kuus viikkoako sanot, minusta sitä tulee enemmänkin, tulee kolme päivää seitsemättä, virkkoi toinen — Mölsäksi opin hänet sittemmin tuntemaan — palaa pureskellen.

—- Seitsemättäkin taitaa tulla, vastasi toveri, Pekka Kokkonen, ja leikkasi laukusta läskiä uuden viipaleen, ikäänkuin lohdutukseksi niiden kolmen päivän varalle, joita hän ei ollut ottanutkaan lukuun. — Eikä siitä mitenkään vähemmällä pääse.

— Eihän siitä nyt enää miten pääse... näkemättä se nyt koti jäi seitsemäksi viikoksi.

Jo leikkasi Mölsäkin taas viipaleen, kohotti sen päänsä tasalle, avasi suuren kitansa ja solautti sinne makupalan. En voinut olla hymähtämättä noille alakuloisille aterioijille. Nälkäänsä he eivät syöneet, vasta olivat pistelleet ruunun velliä. He söivät vain viihdyttääkseen ikävätään ja lohduttaakseen masentunutta mieltään. Tuo kotoinen eväs muistutti näissä oudoissa oloissa sentään jonkun verran kaivattuja kotoisia tiloja. Pekka tuntui jo saaneen kyllänsä, pyyhkäsi halveksivasti ruunun housuihin puukkonsa terää ja rupesi työntämään sitä housunkauluksen sisäpuolelle kätkettyyn tuppeen.

— Syö, veli, syö, kehotti vielä Mölsä, mitäpä näistä säästää, eipä täällä kuuluta kumminkaan suvaittavan omia ruokia. Syödään pois!

— Milloin häntä taas omaa ruokaa saaneekaan nähdä, tuumi siihen Pekkakin, levitti vielä kerran voita leivän levylle ja leikkasi tukevan kaistaleen.

— Ja ensi päivähän se on pahin hirressäkin...

Varusmestarin pieni poika juoksi siitä ohi rinnettä pitkin ja pysähtyi kummissaan katsomaan suruisen näköisiä ruokailijoita.

Tuo lapsi tavallisessa lapsenpuvussaan ja leppeine lapsenkasvoineen tuntui Pekasta niin kodikkaalta ja tyynnyttävältä, että hän heti iloisempana virkahti:

— Poika hoi, paiskaapas kättä. Tahotko voileivän...? Mikä on nimesi Santtuko...? Vai varusmestarinpoika, vai... Siitä saat piirakkaa, syö pois ujostelematta. Pieni oletkin vielä, raukka... mutta vielä se sinunkin vuorosi tulee hypätä ruunun housuihin kun elänet, vielä tulee... jos et ajoissa pitäne varaasi... He, tuossa saat läskiäkin... Vaan jos viisas lienet, menet ajoissa merelle, menet Amerikkaan, menet vaikka minne. Sillä tämä on hiiestä heitettyä tämä sotameininki...

Poika katseli kummissaan puhujaa — ei nähtävästi ymmärtänyt puhetta — ja lähti siitä juosta viilettämään alas mäkeä. Kävelin jo minäkin taas kasarmia kohden, ja mietiskelin mielessäni sitä paljo laulettua suomalaista urhoollisuutta ja soturimainetta...

Samassa soitettiin iltahuutoon, ja miehet keräysivät ryhmittäin mikä miltäkin puolen, ja asettuivat riviin, kuten heidät päivällä oli mitattu ja numeroitu.

... Niin, ensi päivähän se taitaa olla pahin — hirressäkin.

III. Kaksi rakastunutta.

Kauan pysyvät muistossani Jaakko Lamperi ja Iskos-Paavo, molemmat ensi plutoonan tunnollisimpia sotureita. Edellinen näistä oli kihloissa, jälkimäinen oli vasta mennyt naimisiin, kun tuli kasarmiin lähtö.

Eräänä iltapäivänä, kun miehet istuivat uutterimmillaan puhdistamassa sateen kastelemia kiväärejään, tuotiin sana portilta, että "siellä muuan naiseläjä kysyy Jaakko Lamperia ensimäisestä lutuunasta". Jaakko vilkasi ikkunasta ulos, pisti rauhallisesti kaikki "sulkulaitokset" ja "pistimet" ja "pesutangot" paikoilleen kivääriinsä, asetti kiväärin koloonsa, vei öljyt ja räsyt laudalleen, haki hetkisen lakkiaan ja lähti niin verkalleen kävelemään kasarmista portille päin. Siellä seisoi aitaan nojautuneena nuori tyttö, pullea ja punaposkinen, jonka silmät kiilsivät niin herttaisen onnellisesti, kun erottivat Jaakon tulevaksi sieltä valkopaitaisten sihisevästä joukosta.

Jaakko astui vitkaan, melkein hiljensi vauhtiaan kun lähemmäs tuli. Mutta tytöllä paloivat silmät yhä enemmän, käsivarret oikenivat vaistomaisesti eteenpäin, näytti siltä kuin hän olisi tahtonut hypätä aidan yli ja lennähtää siitä Jaakkonsa kaulaan. Portin läpi ei näet laskettu, kun kello ei vielä ollut seitsemän.

— Mitäs lähit, kysyy Jaakko puolittain hämillään, puolittain tyytymättömänä. Kielsinhän minä tulemasta.

— Kielsit, vaan minä lähin. Äitisi pani voita ja tässä olisi piiraita.

Tyynesti ojensi Jaakko kätensä aidan yli ja tyttö tarttui siihen, eikä laskenutkaan heti irti. Hän ei ollut viiteen viikkoon nähnyt sulhastaan ja oli nyt asiata tehden lähtenyt kävelemään neljän peninkulman matkaa tavatakseen sitä, jota sydämensä kaipasi. Senpätähden hän ei välittänytkään — eikä voinutkaan — aivan peittää tunteitaan, vaikka siihen heidän ympärilleen keräysi puoliympyrään parikymmentä uteliasta reservimiestä katsomaan ja laskemaan pilaansa, joka ei aina ollut aivan hienoa. Hän puristi Jaakon kättä ja hymyili niin herttaisesti. Mutta Jaakko oli hämillään, häntä vaivasivat ympäröivien katseet ja hänestä koko tuo tilaisuus oli kiusallinen, oli liian hellätunteinen.

Ja siitä meni tyttökin vähitellen hämilleen. Keskustelusta ei tahtonut tulla mitään. Jaakko otti vastaan aidan ylitse mytyn, jossa voit ja piirakat olivat ja kysyi hyvin tyynesti, että "terveenäkö siellä kotipuolessa oltiin?" Ja taas jäi suu umpeen aidan molemmilla puolin.

Siihen tuli vielä luutnanttikin katsomaan, että mikä tungos siinä aidan kupeella on. Hän käsitti heti aseman ja päätti auttaa noita nuoria rakastavaisia. Meillä oli hyvin kelpo luutnantti, oikea kansan mies, joka, vaikka esimies olikin, kumminkin aina oli ystävällinen reservimiehiä kohtaan, väliin leikillinenkin.

Miehet hajausivat, kääntyivät päin ja tekivät kunniaa.

— Onko se Lamperin muija tuo korea tyttö?

— Ei ole, herra luutnantti.

— No morsiankos sitten on?

Lamperi vitkasteli vastatessaan, vaan tyttö ilmoitti empimättä että "niin on".

— Ja sinä lähdit katsomaan, miten Jaakko täällä sotaväessä jaksaa?

— Niin lähdin.

— Saat lähteä, Lamperi, maantielle kävelemään tyttösi kanssa aina tuonne ruutikellariin saakka, niin saatte olla kahdenkesken. No, ala mennä!

Portti aukeni, Jaakko teki vielä kerran kunniaa ja lähti niin tyttönsä rinnalla kävelemään maantietä pitkin. Vaan tyttö katsoi taakseen luutnanttia kiitollisuudesta kiiluvin silmin, ja kuului Jaakolle supattavan että "sepä vasta mies on miehekseen, vaikka lie kuinka korkea herra".

Puolentuntisen perästä palasi Lamperi kasarmiin ja jaellessaan piiraitaan hiukan häpeissään tovereilleen, selitti hän, että "ne ovat sellaisia hätiköitä nuo naiset. Viikon perästähän täältä olisi päästy, mutta ei malttanut sitä odottaa".

* * * * *

Iskos-Paavo oli harteikas, jykevä, vakavapiirteinen, romuluinen metsäkylän mies. Hän oli ainoa työhön kykenevä miehenpuolinen talossaan, eikä naisväkeäkään ollut muuta kuin äiti raihnainen ja sairaaloinen, sekä puolikasvuinen sisar; muut kaikki pahanpäiväisiä tenavoita. Kovin huolettavalta oli tuntunut, kun aika läheni Paavon lähteä kasarmiin. Miten kävisi kesätöiden kotona, kuka hoitaisi kynnöt ja niitot ja yleensä isännyyden? Varoja ei ollut palkata päiväläistä töihin, eikä oman talon väestä ollut paljo muuhun kuin lehmiä hoitamaan ja kotiaskareita tekemään. Vaan kaikki maantyöt...!

Sitä oli tuumattu äidin kanssa tyystin pääsiäispyhinä ja tultu siihen päätökseen, että Paavon pitäisi mennä naimisiin, muuten ei tullut mitään. Ja Paavo oli miettinyt asiata ja oli huomannut itsekin välttämättömäksi kosia. Eihän se tosin nainen, vaikka terve oli ja rotevakin, vastannut miehistä miestä, mutta parempi oli sittenkin, kunhan oli talossa jokukaan työhön pystyvä.

Paavo kosi naapurikylästä, pantiin kuulutukseen ja kolmen viikon perästä vietettiin häät. Mutta silloin olikin aika lähteä kasarmiin. Pyhänä vihittiin ja maanantai-iltana piti jo lähteä liikkeelle. Yhden ainoan yön sai Paavo maata nuorikkonsa vieressä, yksi ainoa päivä oli aikaa neuvoa töitä ja taloudenhoitoa.

Miehen voimalla oli Paavo tottunut raatamaan kivikkomaassaan, ja miehen voimalla teki hän temppujaan sotaväessäkin. Kankeat olivat jäsenet, hidas ajatuksenjuoksu, mutta tahto oli hyvä eikä voimia puuttunut, ja niin suoriusikin Paavo kutakuinkin tehtävistään. Mutta kun lomahetki tuli ja miehet istuivat lavereillaan puhellen koti-oloistaan ja töistään, näkyi aina huolestuneen ikävöimisen leima hänen kasvoillaan; mitenhän siellä kotona vain työt suoriutunevatkaan, näytti hän ajattelevan, kuinka perehtynee nuorikko puutteellisiin oloihin, miten jaksanee äitimuorikin. Paavo puhui usein, kenen pariin vain sattui, noista koti-oloistaan ja lausui usein hartaan kaipauksensa päästä kotonaan käymään.

Ja niin tuli toinen sunnuntai, jolloin miehiä ensi kerran laskettiin pyhälomalle kokonaiseksi vuorokaudeksi. Iskos-Paavo kirjoitutti — itse ei osannut kirjoittaa — lomalipun, pyysi lupaa kaikilta päälliköiltään ja toimitti ensimäisenä lappunsa kapteenin allekirjoitettavaksi. Hän otti hartiavoimalla osaa kasarmin kuuraamiseen, että pikemmin jouduttaisiin, laittoi myttynsä huolellisesti kokoon, pani tavarat kaikki paikoilleen ja odotti tuskallisesti hetkeä, jolloin lomaliput jaettaisiin.

Kului vielä tuntinen, niin jo tuli vääpeli lippuja tuoden. Hän piti tilapäisen puheen lomalle lähteville, varotti heitä käyttäytymään siivosti ja arvokkaasti kotipuolessaan ja ennen kaikkea tekemään kunniaa päälliköille, jos jossain sattuivat niitä tapaamaan. Jakoi sitten liput; Iskos-Paavokin sai omansa, laski sen huolellisesti kokoon ja pisti taskuunsa ja lähti reippaasti astumaan maantielle.

Mutta portilla hän muisti sittenkin unhottaneensa piippunsa kasarmiin ja lähti juosta sävöttämään sitä noutaakseen. Ilossaan ja sokeassa innossaan ei hän joutunut vilhumaan ympärilleen, ei huomannut että kapteeni silloin juuri laskeusi sivukäytävää kasarmiin päin, ei pysähtynyt, ei tehnyt kunniaa. Tuosta tehtiin muistutus, se joutui heti vääpelin korviin ja juuri kun Iskos-Paavo palasi piippu kourassa kasarmista, pysäytettiin hänet siihen.

Miksei tehnyt kunniaa kapteenille? Eikö oltu opetettu? Miten sellaista voisi laskea lomalle, joka ei tuon enempää pidä huolta velvollisuuksistaan! — Lomalippu otettiin pois, sinellirulla viskattiin naulaan. Iskos-Paavo sai jäädä kasarmiin, hänelle määrättiin kolme viikkoa kotiarestia. Siihen ei ollut mitään vastaansanomista.

En ole koskaan nähnyt surkeampia enkä enemmän masentuneita kasvoja kuin Iskos-Paavon, hänen seisoessaan siinä kasarmin seinustalla katsellen kun muut lappoivat portista ulos lomalle. Niskat olivat painuneet kyyryyn hartioiden väliin, leuka lomotti velttona ja silmät tuijottivat katuvina ja katkerina ja näyttipä melkein kuin kyynel olisi pyrkinyt tunkeutumaan luomen nurkasta karkealle poskelle. Kasvojen äskeisen jäntevyyden ja pirteyden sijalla näkyi nyt pettymystä, nolostumista ja alakuloista veltostumista.

Siinä hän seisoi lyyhyssä polvin, varsi koukussa seinän vierustalla ja katseli tuikeasti eteensä. Ajatteliko hän sitä häpeätä, kun toiset kotikylässä kertoisivat, että "Iskos-Paavoa ei laskettu lomalle, kun oli kovin tuhma kunnianteossa"; semmoista ne tietysti kertoisivat hänen nuorelle eukolleen, joka parhaillaan odotti miestään kotiin? Vai ajatteliko hän peltojaan ja niittyjään, miten nuo olivat ottaneet kasvaakseen siinä kuivuudessa; rukiinlaihoaan, joka vasta oli tuoreimmillaan alkanut vihannoida kun hän lähti sotaväkeen, ja suvi-oraitaan, jotka silloin vielä tuskin olivat nousseet päälle? Miettikö, miten nuorikko malttaisi vanhalla, laiskalla ruskolla lannoittaa ja kyntää kesantopeltoa syysviljaa varten, tai muistaisiko tuo ojittaa sitä suopalstaa, jota hän oli neuvonut kuivaamaan? Kaihoiliko niitä hukkaan menneitä iloja, joita oli toivonut saavansa viettää kotipellon pientareella pyhäaamuna nuoren vaimonsa, vanhan äitinsä, pienten siskojensa ja "hallikoiran" parissa, kun he olisivat kertoneet hänelle tapauksista kotona ja hän taas olostaan kasarmissa...?

En tiedä. Hän ei puhunut mitään, eikä ollut kellään meistä lomalle lähtevistä mieltä mennä häntä siinä puhuttelemaankaan. Mutta näin, että monelle kävi sääliksi Iskos-Paavon kova kohtalo, ja olisi joku hellämielinen kenties taipunut vaihtamaan oman onnensa hänen onnettomuuteensa, jos se olisi käynyt päinsä, vaikka kaikki tiesivät, kuinka pitkäksi pyhäpäivä voi käydä reservikasarmissa.

Mutta se ei käynyt päinsä. Eikähän sotamies sitäpaitsi saa näyttää olevansakaan sääliväinen eikä hellämielinen, jos olisikin.

IV. Kolme sankaria.

Kun ei annettaisi tuota pikommia, niin minä olisin syömättä kaksi päivää, huoahti Kaipio, pyyhkäsi hien otsaltaan ja ryyppäsi vielä kauhallisen vettä.

[Pikommi: Minun tuskin tarvinnee lähemmin selittää tätä sotaväessä yhtä tunnettua kuin kammottua sanaa. Kun sotamies ei voi oppia tekemään jotain temppua, tekee sen väärin, juonittelee, ei pysy tahdissa taikka muuten on "mahdoton", silloin hänelle — tai heille, jos heitä on useampia — komennetaan "pikom" (bjegom, juoksuun) ja juoksutetaan niin rangaistukseksi ja opetukseksi puolituntinen tai enemmän tai vähemmän levähtämättä yhteen kyytiin, kunnes hänellä jäsenet vetreytyvät taipuvammiksi tai uppiniskainen luonto laimentuu. Muutamat sankarit saavat nauttia tällaista opetusta harva se päivä.]

— Mutta mitenpä sitä muuten voitaisiin niin korkeat asiat matkaan saattaa, lausui siihen Tikka hiukan toivottomana, ja otti kauhan toverinsa kädestä.

Kostamo hyväksyi nähtävästi molempien edellisten puhujain lausunnot, koska hänellä ei ollut siihen mitään muistuttamista. Hän seisoi tapansa mukaan siinä viimeisenä tyynesti odotellen milloin hänen vuoronsa tulisi kostuttaa vedellä tulisesti polttavaa kurkkuaan.

He olivat taas, senjälkeen kun muilta harjoitus oli loppunut, saaneet kolmenkesken juoksennella kentällä erään puolentuntisen, ja kun päivä sattui harvinaisen helteinen, juoksi hiki virtanaan tavallista runsaammin, iho hehkuili tavallista punaisempana ja keuhkot läähättivät tavallista valtavammin. Eipä kumma jos siis kurkku kaipasi vettä ja jos "pikommi"-käsite tuntui nälkääkin kamalammalta.

Siinä oli kolme sankaria, joille muistot heidän sotamiesajoiltaan varmaankaan eivät ole kovin hauskoja. Missä vain joku moite kuultiin lausuttavan, milloin vain joku päälliköistä tuskastui ja kauhtui, silloin kuultiin heidän nimensä tavallisesti mainittavan asianmukaisilla lisäkkeillä, jos ei yhden niin ainakin toisen. He tottatosiaankin saivat kuulla kunniansa, saivat tietää mikä arvo heillä oli ihmisinä ja sotamiehinä, ja saivat kokea sen arvonsa mukaista kohtelua.

— Jos tuo Kostamo ei minusta tänä kesänä tee hullua, niin olen hitto soikoon nyt jo hullu, vaikeroi usein osastopäällikkö.

— Katsokaa te, katsokaa te tuota Kaipiota, kun se kävelee. Onko tuo lehmä vai etana? ihmetteli toinen.

— Tikka sinä, varo koipiasi. Kun pitää mies olla sydämikkö, pahasisuinen ja uppiniskainen, eikä sille tepsi pikommit eikä putkat. Vaan vielä minä sinun niskasi taivutan kiukussanikin, jotta nähdään, kuka tässä määrää...

Tuommoista kuultiin pitkin päivää harjotuksissa ja kasarmissa, aina aamunoususta iltahuutoon asti. Mutta eihän siitä apua. Yhtä syntisiä he olivat nuo kolme kasarmista lähtiessään kuin sinne saapuessaankin.

He olivat järjeltään jääneet köykäsiksi, olivat hitaita ja tuhmia kaikki kolme. Mutta muuta heillä ei ollutkaan yhteistä. Päinvastoin olivat he toistensa vastakohtia niin täydellisesti kuin olla voi.

Tikka oli pitkä ja paksu ja tanakka, toinen mies rivissä pituudeltaan, painoltaan epäilemättä ensimäinen. Hän oli jäseniltään kuin karhu, mutta liikkeiltään kuin aasi. Hänen leveät, paksut hartionsa olivat kuin puusta veistetyt, niin jykeät ja taipumattomat ne olivat, ja jalat kankeat ja raskaat kuin pölkyt. Jos hän oikein tahtoi ja viitsi, sai hän kyllä jalkansa pyörähtämään vaikeissakin käännöksissä ja ruumiinsa taipumaan niinkuin muutkin, mutta se näytti vaativan liian suurta voimanponnistusta, liian paljo tahdon tarmoa, niin että hän tavallisesti katsoi parhaaksi olla jöröttää vain semmoisena kuin oli, nivelettömänä ihmispatsaana, joka oman painonsa ja kankeutensa nojalla pysyi pystyssä ja liikkui, mutta johon muut luonnon lait eivät vaikuttaneetkaan. Hän oli hirmuisen laiska, oikein hermostuttavan laiska ja hidas, välinpitämätön, veltto ja huoleton ihan äärimmilleen. Jos hän sattui pihalla istumaan, kun rupesi ankarasti satamaan, niin ei hän viitsinyt nousta siitä astuakseen viittä, askelta katon alle; istui vain, antoi kastua. Aamusilla, kun hänet piti herättää, sai häntä pistimen kärellä pyöräyttää pari kertaa ympäri laverilla, ennenkuin hän katsoi ajan olevan avata silmänsä ja laiskasti kynsästä korvallistaan. "Pikomminsakin" hän tavallisesti otti yhtä itsetiedottomalta kannalta kuin kaiken muunkin, hän hölkkäsi vain vetelästi ja verkalleen eteenpäin, ja näytti siltä kuin hän voisi tuota työtä tehdä yhden vuorokauden umpeensa herkeämättä ja rasittumatta. Ja tuohan se juuri eniten päälliköitä pisteli.

Omasta ehostaan, paritta kolmetta kovatta sanatta, häntä ei saanut mihinkään. Kerran hänet pantiin niskottelemisesta putkaankin. Aamulla pantiin, ja kun illalla mentiin noutamaan, makasi hän vielä samassa asennossa laverilla, johon oli vietäessä laskeutunut, erinomaisen tyynenä ja tyytyväisenä.

Ei hänelle ollut semmoisesta rangaistuksesta; se oli hänestä parasta nautintoa.

Tikka ei suuttunut koskaan, ei koskaan innostunut... Vaan sanonko: ei koskaan. Se on väärin, hän innostui todellakin kolme kertaa päivässä, kun näet syömään kutsuttiin.

Silloin vilkastuivat eloisiksi nuo kankeat jäsenet ja puoliumpinaiset, tahmeat silmät kirkastuivat. Jokainen tietää, ettei ruunun kannata poikiaan herkuilla syöttää, varsinkin aamuksi ja illaksi on reservipojilla leipä pääravintona. Mutta leipää se Tikka juuri söikin. Hän söi oman osansa ja kaikki mitä jäi muilta tähteeksi. Siellä oli kasarmissa kolme miestä, n.k. "herrasmiestä", jotka olivat omissa ruuissaan eivätkä siis koskeneet ruunun antamiin osuuksiinsa. Nämä söi Tikka kaikki, ja nähtiinpä sittenkin tavallisesti illoilla, kun kaikki muut jo olivat poistuneet ruokasuojasta, Tikan hiipivän ruuanlaittajan luo ja pyytävän: "vähäsen leipää".

En uskalla sanoa montako naulaa hän söi päivässä, sanon vain, että jos kaikki sotamiehet söisivät kuin Tikka, niin korkea ruunu ennen pitkää saisi "luovuttaa omaisuutensa velkojilleen". Mutta sen ravinnon edestä hän sitten makasikin, ja sen edestä hän myös päivällä otti "pikommia".

Usein kiisteltiin kasarmissa siitä, oliko Tikka niin perin tyhmä, vai oliko hän niin kirotun läpeensä laiska. Siitä asiasta minä en rupea väittelemään, sillä minä voin vakuuttaa, että hän oli yhtä tyhmä kuin laiskakin.

* * * * *

Kaipio ei ollut näöltään kaunis. Hänellä oli jalat lyhyet ja käsivarret pitkät ja ruumis oli suhteettoman paksu jokapaikasta. Kasvot olivat — tupakanpuremisestako vai muusta syystä — vinot, niin että alaleuka aina tähtäsi toista olkapäätä kohden. Tukka oli hänellä takkuinen ja harjainainen niinkuin Nummisuutarin Eskolla; muutenkin luulen, että jos Esko-vainajan jalkoihin olisi vedetty reservimiehen lianharmajat leveät housut, hartioille nukkavieru "virkatakki" ja päähän soikea lakinlatuska, olisi hän ollut aivan Kaipion kaltainen. — Todellakaan ei hänessä ollut kaunista mikään muu kuin nimi.

Ei ollut Kaipio hidas eikä kankea kuin Tikka, päinvastoin ei löytynyt koko komppaniassa toista niin liikkuvaa miestä kuin hän; vaan hän oli malttamaton ja höplä ja teki kaikki, mitä hänen oli tehtävä, väärin. Jos hän ollenkaan ajatteli — sitä tuskin olisi voinut uskoa — ajatteli hän aina jälestäkäsin, kun jotain oli tehnyt. Ja mitään sellaista ominaisuutta kuin muistia hänellä ei ollut ensinkään. Jos sanoit Kaipiolle asian, yksinkertaisimman, ja heti kysyit mikä se oli, ei hän sitä tiennyt, eli oikeammin, hän tiesi kaiken muun paitsi ei sitä. Sillä tuppisuuksi Kaipio ei koskaan jäänyt, hänen suunsa kävi kuin mylly ja leveä leuka väkätti alinomaa edestakaisin sillaikaa kuin huulet lappoivat sanoja.

En viitsi nyt kertoa sitä, että Kaipiolta vielä soturiaikansa viime päivinä meni "ljevo" ja "pravo" aivan jumalan sallimuksesta, oikein tai väärin, miten sattui; en siitä, miten hänen oli mahdoton astua kymmentä askelta jalkaan toisten kanssa, enkä kuinka harmillisesti hän aina sotki rivit kun "stroissattiin" tai käännyttiin. Se oli jokapäiväistä ja on liian tavallista, että siitä kannattaisi mainita. Sitäpaitsi hän aina koetti korjata erehdyksensä niin vikkelästi kuin mahdollista ja kun hän siten lakkaamatta tuli omissa tempuissaan pyörineeksi ja tanssineeksi rivissä, oli se niin hullunkurisen näköistä, etteivät suuret sotaherratkaan — tarkastuksissakaan — voineet olla sille tanssille nauramatta. Se huvitti heitä, ei kiukuttanut. En ole vielä tuntenut yhtään ihmistä, joka todenpäältä olisi Kaipioon voinut kauaksi aikaa suuttua.

Mutta hänen pistintaistelunsa sietää mainitsemista, koska tuo oli jotain, jota koko komppania välistä keräysi kehään katselemaan, niinkuin jotain näytelmää tai muuta kummaa. Siinä taistelussa oli niin paljo tulta ja intoa ja voimaa, että jos sota joskus syttyisi niin siunatkoon itsensä se, joka joutuu Kaipion pistimen eteen. Ja vierustoverit rivissäkin saavat kyllä siunata itseään, sillä Kaipiolle on pääasia että hän pistää. Liikkeet eivät ole säännönmukaiset, mutta sitä pontevammat; Kaipiosta ei ole niin tärkeää tietää mitä komennetaan: jos huudetaan taaksepäin, hyökkää hän eteen, jos käsketään seisattua, niin hän pistää empimättä ja miettimättä... Sven Tuuva, sanotte te. Niin juuri, Sven Tuuva ilmielävänä reservimiehen valkeissa housuissa. Muinoisella Sven Tuuvalla oli kumminkin yksi etu Kaipion rinnalla: häntä komennettiin kielellä, jota hän ymmärsi, Kaipiota komennetaan vieraalla kielellä, ja — kummakos tuo — Kaipio on hyvin heikko venäjänkielessä.

Alussa häntä oikastiin usein, oikastiin vihasesti, oikastiin lepposesti: hän tunnusti erehdyksensä ja nauroi niin herttaisesti, että toinenkin viehtyi nauramaan. Ja kun taas komennettiin, teki hän kaikki päin seiniä. Lopulta huomattiin, ettei se ole muuta kuin mielensä ärsyttämistä, jos Kaipiota rupeaa oikasemaan; hän sai tehdä temppunsa miten teki.

Ampumaradalla oli Kaipio myös yksin laatuaan. Hän ei koskaan malttanut nostaa kivääriä oikeaan tähtäysasentoon ennenkuin laukasi, ja siksipä hänen kuulansa viilettelivätkin milloin missäkin päin lepikossa. Kun viittaajat taululla osottivat, oliko osunut tauluun vai eikö, piti ampujan itsensä ilmoittaa korkealla äänellä sattuiko vai menikö ohi. Ja Kaipio huusi aina: valkeata vilkkaa, valkeata vilkkaa! Oli kumminkin kerran luoti — Kaipion omako vai jonkun erehtyneen vierustoverinko, sitä en tiedä — sattunut Kaipionkin tauluun. Punasta näytettiin. Se oli merkillinen tapaus, se vaikutti mahtavasti Kaipioon. Hän juoksi tuiskuna paikaltaan, tarttui vänrikin käteen ja huudahti:

— Katsokaa te, katsokaa te herra... Jo vilkkaa punainen puoli.

Hikeensä asti Kaipio aina muokkasi, oltiinpa sitten keveämmissä harjotuksissa taikka vaikeammissa. Tyynesti ja verkalleen hän ei voinut tehdä mitään. Mutta silti oli hän aina ensi mies paininlyönnissä harjoitusten jälkeen, ensi mies ja viime mies. Kun yksi oli hänet kaatanut vaati hän toista kamppailemaan ja muistanpa kauan, kuinka hän aina ohi astuessaan töykkäsi kylkeen, kohautti housujaan ja virkahti:

— Tuleppa voittosille.

Yhden ainoan kerran muistan Kaipion lausuneen järkevän sanan ja — niin se käy tässä maailmassa! — juuri sen sanan johdosta häntä rangaistiin.

Oltiin sisäharjotuksissa. Oli puhe sotamiesten vaatteista, m.m. "virkatakista".

— Miksi sitä kutsutaan virkatakiksi, kysyttiin Kaipiolta. Onko sotamiehellä mitään virkaa?

— On virka, koiran virka, vastasi hän hätäisesti kuten ainakin.

Luultiin, kumma kyllä, Kaipion lausuneen tämän jossain tarkotuksessa.

* * * * *

Mutta mitäpä sanoisin sinusta, Kostamo, sinä vierustoverini rintamassa aikoina kuumina ja viileinä, leppoisina ja tylyinä. Sinun kohdallesi tultuani täytynee minun vaihtaa pehmoisempi terä kynääni ja piirtää lempeämmällä kädellä ja tasottavalla siveltimellä se kuva, jonka sinusta aion tehdä. Sillä sinä todellakaan et pilkkaamistakaan siedä. Olosi reservikasarmissa oi ollut riemuisa aika sinulle, sen tiedän minä paremmin kuin kukaan, enkä tahtoisi asettaa sinua enää halvempaan valoon kuin missä olit ja olet. Sydämesi oli vilpitön ja nöyrä, mielesi herkkä ja taipuisa, sinussa ei ollut merkkiäkään ivasta eikä sapesta, olit laakea kuin lammas ja hiljainen kuin karitsa. Ei, sinua en ikänäni raskisi ivata, sillä sinussa ei ollut muuta vikaa, kuin huono pää ja voimain puute, — Kostamo raukka!

Kostamo raukka! nuo sanat olen kuullut niin usein huudahdettavan, että ne ovat muistossani aivan sulautuneet yhteen sen kuvan kanssa, mikä minulle on säilynyt sivustoveristani sotamiesajoilta. Kostamo raukka! virkkoivat päälliköt harjoituksissa ja toverit väliajoilla, virkkoivat äänellä niin halveksivalla, säälivällä ja valittavalla, että se erittäin sattuvasti kuvasi miehen luonnetta.

Hän oli näet todellakin raukka, raukka ruumiillisesti ja henkisesti. Vartaloltaan oli Kostamo pitkänhoikkanen, pehmeä ja vetelä; pää oli etukumarassa, rinta sisään painuneena, hartiot kyyryssä, polvet notkussa. Näytti usein siltä, ettei hänen luustossaan ollut luuta murustakaan, ei muuta kuin pehmeätä, taipuvaa rustoa. Hipiä oli hienoa ja herkkätuntoista, sormet pitkät ja hoikkaset, jalat pienet ja sievät kuin neitosella. Kasvoiltaan hän kenties olisi ollut sieväkin, jos olisi ollut panna naisen huivi päähän; ne harvat haituvat, joita kasvoi leuassa siellä täällä, eivät olisi pystyneet rumentamaan noita leppoisia tytönkasvoja. "Hameet sillä pitäisi olla päällään eikä sotatakki", kuultiin usein sanottavan, ja kenties se niinpäin olisi sopinutkin paremmin.

Oletteko nähneet sotamiehen itkevän rivissä? Se on samalla hullunkurisinta ja surkeinta mitä voi nähdä. Kun niin tapahtuu, niin sen täytyy jo tietää, että asia on koskenut syvästi sydämelle. Mutta Kostamolla oli herkkä, naisellinen sydän, hän ei voinut pidättää kyyneleitään, kun häntä ankarammin kohdeltiin. Ja häntä kohdeltiin usein ankarasti.

Sillä sotaväessä annetaan mielellään anteeksi sille, joka reippaasti tunnustaa erehdyksensä ja ravakasti koettaa pitää puolensa vaikka huonollakin menestyksellä. Vaan jos ken heikkona heittäytyy mahdottomaksi ja vetelänä, valitellen ja tuskissaan tekee tehtävänsä siitä päästäkseen, se voi olla varma joutuvansa äitipuolen lapseksi. Mitäs sitten Kostamo, joka ymmärsi vähän eikä jaksanut mitään!

Ja hän hätäysi. Aina kun häntä erityisemmin muistutettiin, — vaikk'ei alusta äreästikään, — kangistuivat hänen jäsenensä ja ajatus tuntui seisattuneen siihen paikkaan. Silloin hän ei kyennyt mihinkään. Ja silloin se alkoi aina juttu ja tora. —

Mutta miksikäs luettelisin hänen heikkouksiaan? Olihan hän kauttaaltaan heikko, ruumiiltaan nainen, mieleltään lapsi. Ja koettihan hän herättää niin vähän huomiota kuin mahdollista, vetäysi johonkin syrjäiseen nurkkaan milloin vain jouti, ettei joutuisi muiden kanssa tekemiseen, sillä hänellä oli aina huono onni, milloin vain mihinkin ryhtyi. Hän tahtoi pysyä huonoudessaan huomaamattomana, kehahtelematta ja nurkumatta tahtoi hän vaiti olla ja elää semmoisena kuin oli, kunhan vain muut eivät olisi pakkauneet häntä parantelemaan.

Hän todella antoi muille rauhan, eikä toivonut mitään sen hartaammin kuin että muutkin antaisivat rauhan hänelle.

Miksikäs en jo minäkin sitten jättäisi sinua rauhaan — Kostamo raukka!

V. Hyvä mies.

Niinkuin kaikilla muilla ihmiselämän aloilla, niin löytyy sotaväessäkin miehiä hyviä ja huonoja, eteviä ja hylkyjä, — sotaväessä varmaankin suuremmassa määrässä kuin missään muualla, koska siellä kaikki edistyminen ja eteväksi pääseminen riippuu yksinomaan pakon ja kunnianhimon vaikuttimista, eikä mistään muusta. Toiset joutuvat siellä seisomaan vuohina oikealla, toiset lampaina vasemmalla, ja se on ainoastaan päällikköjen yksityinen mieltymys ja mieliteko, joka määrää kummalleko puolelle siinä joutuu asetetuksi. Lampaita löytyy aina runsas valikoima — minunkin muistossani sotamiesajoilta on niitä useita erilaisia näytteitä, — vuohet sitävastoin ovat kaikki enemmän samanlaisia, yhden kaavan mallisia. Tässä pyydän nyt saada esittää oikean loistokappaleen vuohista, ihan täydellisen, lihavan, paksu villaisen, mehevän ja makean vuohen.

Hänen nimensä oli Olli Komonen, ensimäinen mies ja sivustamies kolmannessa plutoonassa. Hän lienee ollut jotenkin pitemmältä taholta herrassekalia, koska hän, vaikka talonpoikaismies olikin, kulki patiinikengissä ja siviilipuvussaan käytti kankeata kaulusta ja kirjavaa rinnustinta. Samasta syystäkö hänellä lienee ollut harvinaisen suuri määrä kunnianhimoa, sillä jo ensi päivänä harjoituskentällä huomasi hän, että tässä on jotain voitettavana, tässä voipi niittää etevänkin nimen. Ja hän rupesi sitä niittämään. Teki temppuja, marssi marsseja loistavammin kuin kukaan muu joukossaan; hän osasi tehdä ne kaikkein loistavimmin juuri silloin, kun joku esimies oli katsomassa, ja pääsi siten hetikohta, jo ennenkuin tarkempaa jakoa voitiinkaan tehdä, luetuksi vuohien puolelle. Ja täällä hän sittemmin tiesikin pysyä, ja nauttia kaikkia niitä etuisuuksia, kiitoksia ja helpotuksia, mitä tämä hänen asemansa tuotti, nauttia niitä kaikella sillä arvokkaisuudella ja huomattavaisuudella, mikä oli hänelle omituista ja luontaista.

— Katsokaa te kuinka Komonen tekee, sanottiin usein, tai: tehkää te niin kuin Komonen! Asetettiinpa hän toisinaan ihan rivin eteenkin malliksi taistelemaan kivääritaistelua taikka tekemään ampuma-asentoja, ja silloin hän, suu autuaassa hymyssä ja pää lengosti pystössä, näytti mihin hän pystyi, kehahti sitten että "eihän tämä mitä vaikeata ole", teki "napletsoon" päällikölleen ja astui niin takaisin kunniapaikalleen rivin sivustalle.

— Siinä se on hyvä mies, kehuivat päälliköt. Jos te kaikki noin tekisitte, mutta mitäs te härät...

Komonen asettui silloin arvokkaaseen "voina" asentoon katsomaan kuinka muita "huonoja miehiä" opetettiin, kuinka heitä komennettiin uudelleen, nimitettiin yhä pontevammilla ja karmivammilla nimityksillä, kuinka heille karjuttiin, kuinka uhattiin, kuinka kirottiin... Ylenkatseellisesti silmäili hän noita kehnoja, kunnes halveksivasti käänsi katseensa pois.

— Ei noista näy tulevan tolkkua, virkkoi hän ääneensä, ja vaikka ääneen puhuminen rivissä oli meiltä kovasti kielletty, ei Komosta siitä koskaan muistutettu. Hänhän oli "hyvä mies".

Usein tapahtui illoilla, että kun paremmat miehet määräaikana tuotiin harjoituskentältä pois, jätettiin huonompia joukko — suurempi tai pienempi — vielä hetkeksi hikoilemaan ja oppimaan sitä, mikä heihin ei ollut ajoissa pystynyt. Silloin seisoi Komonen mielellään portilla ja katseli voitonriemuisena, kuinka nuo raukat rääkkäysivät ja väsyneinä tekivät temppunsa vielä entistä huonommin. "Hyvää se tekee noille paksupäille", lausui hän kehahtaen, "siinäpä jäsenet liukastuvat ja pää selkiää". Jos silloin joku uskalsi virkahtaa, että "mitähän jos kerran jättäisivät Komosenkin sinne juoksemaan", vilkasi hän halveksuen olkansa takaa puhujaa ja lausui tavattomalla varmuudella: "sepä ei jää".

Mutta harvoin uskalsi joku tuonkaan verran hypätä Komosen nokalle. Kerran kun kuulin hänen kasarmissa mahtailevan muutamille kovapäille, joille muun rääkkäyksen lisäksi vielä oli määrätty rangaistukseksi ylimääräisiä työvuoroja, etteivät suinkaan koskaan saisi tilaisuutta leväyttää jäseniään, huomautin hänelle, että joutavahan noita raukkoja vielä on härnätä ja pistellä, eihän noilla ilmankaan ole kovin iloista olo. Mutta sitä minun ei olisi pitänyt tehdä: hän seisoi siksi varmalla pohjalla, että häntä ei tarvinneet tulla komentelemaan kaikenlaiset, joilla ei ollut sananvaltaa enemmän kun hänellä itsellään, hän tiesi minkä teki ja sanoi ja oli siksi hyvissä väleissä päällikköjenkin kanssa...

Hyvissä väleissä hän oli, se oli totta, ja tiesi ylläpitää tätä väliään johdonmukaisesti. Hän osasi pistää tupakan ja tarjota päälliköllekin silloin, milloin hetki oli sopiva, ja keskustelussa sattuivat hänen sanansa aina niin, että ne hykäyttivät esimiestä. Hairahtumaton hän ei ollut rivissä eikä ampumapaikalla, ja toiset sanoivat hänen sisäharjoituksissa väliin vastanneen hyvinkin typerästi ja tietämättömästi. Mutta ne viat pyyhkäistiin pois jäniksenkäpälällä, — ei pantu naurunalaiseksi kuten muita, — sillä Komonenhan oli "paraita miehiä koko komppaniassa", kuten usein sanottiin.

Kun muut harjoitusten loputtua saivat passinsa käsiinsä ja pääsivät omissa vaatteissaan vapaina kulkemaan vapaata tietään, silloin loisti riemu ja tyytyväisyys voitettujen vaivojen johdosta useimpain silmistä, ja kernaina käännettiin selät kasarmille. Komosen silmässä sitä vastoin näkyi selvää kaipausta ja vastenmielisesti lähti hän poistumaan tuosta paikasta, jossa hän oli päässyt luettavaksi ensimäisten ja etevimpäin joukkoon. Kenties hän ei muuten tosielämän mutkittelemattomassa rintamassa pystynytkään olemaan ensimäisten luvussa?

VI. Tukio.

Tukio oli 33:nnen reservikomppanian viimeinen mies, s.o. lyhin mies. Sanon valehtelematta, että minä itse en ole mikään kovin pitkä mies, mutta kerran kun olin pyytänyt Tukiota panemaan laskokselle sinellini kaulustan, katselin ihmeessäni taakseni että mitä se siellä ähertää, kun ei saa kaulustaa käännetyksi. Mitä? Miesparka ei ylettynyt! Seisoi varpaillaan ja koetti tapailla, mutta ei. No, minä lyyhästin pikkusen ja hän sai sen tehdyksi.

Siitä sen voipi suunnilleen arvata minkä näköinen hän oli, kun hän koetti marsissa tallustella muitten matkassa. Tosin olivat useimmat varsinkin neljännen plutoonan miehistä semmoisia kääpiömäisiä nassakoita, nälkävuosien näivettyneitä sikiöitä, ettei noille mitkään reservivaatteet sopineet, vaan lyhimmätkin housunlahkeet piti kääriä aivan kaksinkerroin, etteivät olisi jalkain alla astuissa. Muut kumminkin pinnistämällä kutakuinkin pysyivät marssin tahdissa. Tukiolle se oli miltei mahdotonta.

Seisoin kerran portinvahtina syrjässä ja siitä minun oli hyvä seurata, kun toiset harjottelivat edessäni kentällä kaunomarssia. Mutta en malttanut koko aikana seurata muita kuin Tukiota. Hän potkasi aina toisella jalkavähäisellään itsensä kohoksi, saadakseen sillä tempulla toisen jalkansa lennätetyksi vähänkään samalle tasalle kuin muut rivissä. Ja taas sillä toisella jalalla epätoivoinen potku maasta, ja lennätys eteenpäin. Siinä pelissä tietysti kivääri hoippuili kahta puolta kuin vivussa, käsivarret sinkoilivat sinne tänne ja koko tuo ruumiskipene vavahteli yhtenä pallerona. Mutta eihän semmoista luonnotonta ponnistusta kauan voinut kestää varsinkaan hänen vaivanen ruumiinsa. Hän jäi jälelle. Päälliköt huusivat ja komensivat pysymään rivissä ja Tukio ponnautti taaskin tarmonsa takaa, mutta jäi taaskin.

Jo tuota katsellessa nauratti hyväsestikin, niin se oli hullunkurisen näköistä; mutta toisakseen ei naurattanutkaan. Sääliksi kävi tuon pikkuihmisen kuljettaminen toisten, päälle kolmenkyynäräisten, askeleissa, se tuntui melkein eläinrääkkäykseltä.

Mutta Tukio ei napissut eikä vastustellut. Häntä ei koskaan näkynyt joutavastaan paininlyönneissä, ei voimisteluissa, hän lepäili väliaikoina tarkoin ja koetti kerätä kaikki voimansa harjoituksia varten. Niitä hänen kyllä tarvitsikin kerätä. Hän koetti parastaan, pienuudellaankin isänmaata palvellessaan.

Toisena kesänä häntä ei enää näkynyt harjoituskentällä. Liekö hän ensi kesänä saanut ponnistaneeksi jotkut paikat sisälmyksissään repeämään, vai mikä lie miesvähäiselle tullut. Kun silloin lääkärintarkastuksen jälkeen meidät muut komennettiin ruunun housuissa ja paidoissa marssimaan harjoituskentälle alkamaan temppuja uudestaan, marssi Tukio yksin maantietä pitkin omissa vaatteissaan pois kasarmilta kotipitäjäänsä kohden.

Mutta en luule kenenkään kadehtineen hänen vapaaksi pääsemistään. Hänen paikkansa ei totta tosiaankaan ollut sotamiesten riveissä.

VII. Yksi mies jälelle.

"Rjema po isgoroti", ampukaa suoraan — aitaa vastaan, komennettiin meille, kun me olimme harjoituskentälle levitetyt ketjuun ja mahallaan maaten nurmikossa ojan partaalla naksauttelimme vieteripatruuneja minkä ennätimme. Vihollinen oli olevinaan jossain siellä aidan takana, sieltä sen muka luultiin ampuvan, hyökkäilevän ja tiesi mitä peliä pitävän. Ja meidän piti maata ojan partaalla, ettei se meitä pystyisi ampumaan.

Tämä oli harvinaisen helppo temppu ja me sotamiehet olisimme suoneet, että sitä hyvin usein olisi uudistettu kuumina kesäpäivinä. Muutamat tekivät lataustemput peukalolla ja etusormella oikein säännöllisesti, lukivat ras, tva, tri, setir niinkuin käsketty oli, ottivat patroonan pois ja panivat uudestaan. Mutta toiset eivät viitsineet nähdä niin paljo vaivaa, he vain vetivät lukon auki ja lupsauttivat kiinni, jotkut eivät huolineet tehdä sitäkään, ei muuta kun makasivat vain mahallaan.

Se oli hyvin mukavaa äksiisiä, ja kauanhan sitä nyt kestikin. Varajoukkojen kanssa vänskäsivät siellä taaemmalla. — Jo vihdoin komennettiin ylös ja juoksumarssissa eteenpäin.

Mutta yksi mies jäi jälelle. Se oli Pekka Kokkonen toisesta plutoonasta. Hän jäi makaamaan suulleen kiväärinsä viereen, vaikka varmuuden vuoksi komennettiin uudelleen ja kovemmalla äänellä, että ylös.

Tämä oli hyvin sotaisen näköistä. Yksi mies jäi jälelle. Niinhän se käypi sodassakin, että kun toiset lähtevät edelleen, aina yksi siellä, toinen täällä jää jälelle vihamielisen luodin lävistämänä.

Pekka Kokkonen makasi suullaan ojan partaalla, ei liikuttanut niveltäkään; lakki oli luistanut päästä pois, jäntereet roikkuivat hervottomina, hän oli aivan kuin kuollut.

Mentiin katsomaan lähempää, potkastiin pikkusen. Ei hievahtanutkaan.
Käännettiin selälleen, jotta päivä paistoi suoraan silmiin. Jo aukasi
Pekka silmänsä ja suuren suunsa ja haukotteli. Se oli ilahduttava
merkki: hän siis ei ollut kuollut, ainoastaan nukkunut.

Elköön sitä luettako hänelle kovin suureksi synniksi. Pekka Kokkonen oli muuten mies, joka täytti paikkansa missä tahansa, siinä jossa toinenkin; tämä oli tapahtunut ainoastaan erehdyksestä. Marssi keskipäivän kuumassa helteessä oli ollut rasittava ja painostava, nurmikko ojan partaalla oli ollut pehmeä ja viekotteleva ja päivä paistoi siinä selkään niin lempeän lämpöisesti ja uuvuttavasti. Pekka oli koiruuksillaan vain pannut silmänsä hetkeksi kiinni, — ja siinä olikin uni voittanut. Eikähän tuo niin kumma ollut.

Tältä lievemmältä kannalta ottivat asian päällikötkin, ja hoputtivat vain Pekkaa että joutuisi muitten mukaan. Mutta kyllä Pekka, kun oli kerran saanut raapastuksi korvaansa, pyhkästyksi silmiään ja sitten saanut aseman itselleen täydellisesti selville, kyllä hän silloin sivaltikin pyssyn maasta, oikaisi jalkansa ja harppasi juoksemaan toisten jälkeen niin että sitä oli oikein ilo nähdä.

— Nukuppa vain toinen kerta, niin minä annan sulle työvuoroja jotta kyllä uni lähtee, uhitteli osastopäällikkö, hölkätessään jälestä pitkin kenttää. Eikä Pekka nukkunutkaan. Valppaimpana joukosta latasi, tähtäsi ja laukasi hän nyt, ja kun taas siitä ylös komennettiin, oli hän ensimäinen mies juoksussa.

VIII. Kappale sisäharjotusta.

Me istuimme sisäharjotuksissa ahtaalle sulloutuneina ja lakit kourassa. Jo kolme kertaa oli sillä tunnilla kerrottu reservimiehen suoranaiset päälliköt, osastopäälliköistä sotaministeriin asti, ja nyt kerrottiin niitä neljättä kertaa. Tämä rupesi käymään hyvin nukuttavaksi, ja suurin työ oli niillä, jotka eivät seisoneet vastaamassa, pitäessään silmiään auki.

Ei Mikko Tyyskäkään sentään nukkunut, kaukana siitä, mutta hänen ajatuksensa pyörivät syrjässä sotapäälliköistä, missä lienevät pyörineet kaukana kotiahojen liepeillä. Hän ei aavistanut ensinkään missä oltiin ja mihin mentiin, kun häntä äkkiä huudettiin nimeltään.

Tyyskä kavahti pystyyn kuin ammuttuna.

— Kuka sitten tulee?

Jaa, sitäpä oli vaikea sanoa. Tyyskä katsoi kattoon ja katsoi lattiaan ja kupeelleen kummallekin.

— Eikö mies vielä tiedä, kuka tulee sitten?

— Kapteeni, vastasi Tyyskä summassa, arvellen kai, että vieköön nyt puuhun tai petäjään, mutta vastata tässä täytyy.

— Vai kapteeni, niinkö on opetettu? Vai niinkö, että se on kapteeni joka komentaa Suomen sotaväen päällikköä miten tahtoo. Ja kun ollaan suurissa leirikokouksissa, niin kapteeniko siellä on ylinnä ja häntäkö ne tottelevat piiriesiupseerit ja pataljoonan päälliköt ja kaikki — hä? Kuka sitten tulee, sano sinä Ijäs?

— Kenraalikuvernööri.

— Sano selvemmin, sano koko nimeltään ja kaikilta arvonimiltään alusta loppuun.

— Kenraalikuvernööri, reivi Höiten.

— Ei riitä. Sano näin: Hänen ylhäisyytensä, kenraaliajutantti, jalkaväen kenraali, kreivi Höiden — sano!

— Ylhäisyytensä kenraali ja jalkaväen reivi Höiten.

— Ei hetikään, ei lähestulkoonkaan. Siihen jäi jo niin monta läpeä, ettei se pysy koossa ensinkään. Tyyskä, sano sinä koko juttu täydelleen.

— Hänen ylhäisyytensä, jalkaväen ajutantti, kenraali Höiten.

— Ei sittenkään, siihen jäi taaskin niin suuria rakoja, että siat juoksevat läpi ihan iltikseen. — Pekuri, sano sinä.

Sanoi Pekurikin, mutta eihän se tullut koko juttu häneltäkään koskaan yhdellä kertaa. Aina jäi joku mutka pois, jos ei jäänyt ajutantti, niin jäi reivi, taikka ylhäisyys taikka jalkaväki, taikka useammat yhdellä kertaa. Ja opettaja yritti jo tuskastumaan. Hän kertoi nimen itse, kertaan ja toiseen kertaan, vaan ei sittenkään. Ja hän tulistui yhä enemmän.

— No Mölsä, anna tulla kuin turkin hiasta. Mutta miten sinä nouset: vääntäypi kuin riien syömä rapu. Oikase suoraksi selkäsi, ja rinta ulos; sotamiehellä pitää olla rinta kuin ison talon emännällä taikka niinkuin Hahden rovastin maha — laske tulemaan!

— Ylhäisyytensä kenraaliluutnantti...

— Luutnantti, kyllä minä sulle näytän hänen ylhäisyyttään luutnanttia. Minä vetelen viistoista teidän luutnanteista, jätän teidät siihen seisomaan siksi kuin sammalet päähän kasvaa, mokomat mouriaiset...

Me levättiin hetkinen. Opettaja kävi tyynnyttämässä liian kiihottunutta mieltään ja saamassa kuivaksi käyneeseen kurkkuunsa piipullisen mahorkkaa. Miehet sillävälin opettelivat toisiltaan minkä ennättivät.

— Tässä täytyy niin perhanasti suuttua teidän takia ja kirota niin helvetisti, että Jumalakin taivaassa siitä itkee ja repii hiukset päästään, kun te olette niin turkasen tuhmat. Tyyskä, sano selvästi ja harvaan, mutta sano oikein.

Tyyskä mietti minuutin ajan joka sanan välissä ja pyöritteli hetkisen kielellään jokaista tavua, ennenkuin sen päästi huuliltaan. Mutta oikein se vihdoinkin lähti. Ja kun "reivi Höiten" oli saapunut loppuun asti ihan kompastelematta, pääsi meiltä kaikilta helpotuksen huokaus.

Nyt päästiin siirtymään seuraavaan.

IX. Parooni tulee.

Reservimiehen takkia kannattaa tarkastaa monelta kannalta. Sitä voi tarkastaa terveysopilliselta kannalta ja lainopilliselta, käytännön kannalta sitä tietysti voi tarkastaa ja myös tieteen, sotatieteen, kannalta. Vielä sitä voi tarkastaa valtiotaloudelliselta kannalta ja — miks'ei? — kaunoaistin kannalta. Mutta sitä voi myös joskus tarkastaa, — suokaa anteeksi — eläintieteelliseltä kannalta, jos se esimerkiksi sattuu olemaan kelpo ruotutoverini Mölsän hartioilla.

Aina kun tehtiin ampuma-asentoja tai muita temppuja asennossa "takarivin päälle" ja minä niinmuodoin jouduin seisomaan Mölsän takana, olin tilaisuudessa eri kannoilta tarkastamaan hänen takinselkäänsä kaikenmoisissa eri valaistuksissa. Kaikissa muissa asennoissa sai hän tarkastaa minun takinselkääni.

Tavallisesti oli Mölsän takki minusta karvaltaan likaveden harmaja; joskus, esimerkiksi iltahämärässä tai jos se oli kastunut sateesta, oli se hiukan mustanpuhuva. Mutta nyt se minusta omituisesti vivahti tiilenruskealle. Sen mahtoi vaikuttaa päivä, joka siihen kuumasti ja kuivasti paistoi hienon autereen lävitse. Mutta sitä värivivahdusta tarkasti nyt silmäni itsepintaisen piintyneesti, joskin sieluttomasti ja tylsästi, ja temput menivät tavallista enemmän koneellisesti ja kankeasti. Toistenkin jäseniä näytti päivällisuni vielä raskaasti painostavan ja tempunteettäjä haukotteli joka komennushuudon välissä. — "Astavit", temppu uudestaan! Tehtiin ja tehtiin...

Silloin kajahti äkkiä portilta huuto:

— Pois miehet kentältä kasarmiin. Parooni tulee!

Jo virkosi miesjoukko. Tuossa tuokiossa oltiin kasarmissa. — Parooni tulee, Suomen sotaväenpäällikkö. Tulee vihoviimein se odotettu otus itse, tulee laivalla kello viisi. Ja se on nyt vihdoinkin varma. Tunnin perästä hän on kasarmilla.

Se kiirettä oli, mikä siitä loihe. Ensi hädässä juostiin, — miehet ja esimiehet toistensa jaloissa — edestakaisin kuin suuressa tulipalossa, juostiin kasarmilta varushuoneelle ja varushuoneelta keittiöön, eikä tullut toimista mitään tolkkua, ei kukaan tiennyt mitä oli tehtävä. Kun vähän selviydyttiin, ajettiin toiset teitä lakasemaan, toiset kasarmia puhdistamaan, toiset varushuoneesta vaatteita kantamaan. Pari taatuinta miestä laitettiin rantaan paroonia vastaan.

Kuin voideltuina luistivat kankeat jäsenet ja kukin piti velvollisuutenaan panna parastaan. Kasarmi pölysi yhtenä pilvenä ja miestä kihisi kuin muurahaiskeossa. Siihen kannettiin vaatetta sylillinen toisensa perästä, housuja, takkeja, lakkeja, ja miehet komennettiin riisumaan vanhat arkivaatteet yltään ja pukeutumaan uusiin ja komeihin, joita heille nyt tinkimättä annettiin minkä vain kukin halusi. Vaatteen paljoudella ei tuntunut olevankaan määrää ja toiset niistä olivat toisiaan uudemmat ja paremmat.

— Kolmas plutoona, housut pois jalasta, tästä saadaan uusia!

— Missä ensi plutoonan miehet? Tässä lakkeja, valitkaa ja vaihtakaa.

— Kostamo hoi, välemmin joudu, välemmin. Niin pujottaupi housuihinsa kuin etana kuoreensa. — Ka Kaipiota, ka, se kun vääntää vyötä takkinsa päälle, niin on selässä kuin olisi kuuden leiviskän kuhmu!

Mutta pulskiksi kävivät miehet uusissa puvuissaan, eihän noita enää olisi tahtonut uskoakaan äskeisiksi ryysyjätkiksi. Mölsänkin, saman ruotutoverini, jonka selästä juuri äsken olin tehnyt havaintoja, näin seisomassa kasarmin ovella enkä tuntenut; katsoin, kuka en tuo puhdas ja komea poika, — vasta silmänluonnisia hänet Mölsäksi tunsin. Sen vaatteet tekivät, ja — uusia yhä kannettiin.

— Onko Tikalla lakkia?

— Ei ole kuin...

— No, tuosta saat.

Tikka oli aikonut sanoa ettei hänellä vasta ole kuin kolme. Otti neljännenkin.

Kesken touhua kuultiin laivan vihellys ja se toi uutta tulta. Suolivyöt piti kiilloittaa ja kiväärit, ja kaikki kapineet, vanhat ja uudet vaatteet oli pantavat säntillisesti paikoilleen. Laiva oli jo laskenut laituriin, sieltä saattoi hevoskuorma herroja ajaa minä hetkenä tahansa.

— Ja muistakaakin vastata, jos parooni mitä sanoo, että: "raadi staratsa vaasse..." Ja yhteen ääneen kuin pyssyn suusta.

— Ja tahdissa pysykää marssittaissa ja silmiin tuikeasti katsokaa. Ja jos ken tekee temput väärin, niin...

— Ja ei hätäillä...

Tavattoman lyhyessä ajassa saatiin kasarmi ja miehet juhlakuntoon. Kun viimeiset vielä viimestelivät valmistuksiaan, ompelivat nappeja sinelleihinsä ja nypliä voimistelupaitoihinsa, istuivat muut jo ahtaalle sulloutuneina laverien laidalla, niinkuin heidät oli käsketty istumaan. Ja he muistuttelivat vielä mieleensä sitä mitä heidän tuli tietää.

— Mitkä merkit ne taas kenraalilla olikaan, ruutukkaiset poletitko ja punajuovaiset housut...?

Mutta eipäs kuulunut paroonia. Istutaan, odotetaan. Huhua kuuluu, ettei parooni muka olisi tullutkaan... Mutta sehän ei ole mahdollista... Onpahan, miehet ovat palanneet laivalta, eikä siellä mitä paroonia näkynyt.

— No voi sun..., suottako sitten tämmöinen touhu on pidetty, suottako juostu ja puhdistettu ja kannettu vaatteita? Mutta tullapa sen piti, sähkösananhan sanovat saapuneen.

— Vaikka lie, vaan eipähän näkynyt.

— Ja se ukko se näkyisi jos tulisi, selitti eräs torvensoittaja, joka oli ennenkin nähnyt paroonin.

Uskoa se täytyi. Eikä muuta kuin ala riisua päältä mustia virkanuttuja ja puhtaita housuja, ja vanhat liankarvaiset päälle. Ja ennenkuin torvi soi illallispuurolle, olivat juhlavaatteet taas ladotut varushuoneen lavitsoille ja arkitamineissaan tallustivat miehet pettyneinä ja nyrpeänenäsinä pihalle, ja tuumailivat, että olipa sekin koko trivooka. Mutta tunnin se helpotti iltaharjotuksista...

Iltahuuto pidettiin ja miehet laittausivat makuulleen ja juttelivat riisuessaan päivän tapahtumasta. Nyt se parooni ei enää tule tällä muutolla, päättelivät he. Viimeiset tupakoitsijat keräysivät pihalta kasarmiin, äänettömyys vallitsi pian yli lepäävien tilojen, ei kuulunut muuta kuin lähetin tasaista astuntaa ovensuusta.

Silloin vääntäypi yhtäkkiä yön pimeästä musta, paksu varjo, työntyy ovesta sisään, toinen hoikempi perässä. Alkaa kuulua sipsutusta ja supatusta, päivystäjät ja muut aliupseerit juoksevat varpaillaan ja kuin sähkövirta kulkee tieto läpi nukkuvien rivien, ala- ja ylärivien: parooni on kasarmissa. Päät kohoavat peittojen alta, katsotaan, kurkistellaan: siinäpähän se nyt on, onpa hitto soi, onpa miestä kappaleen verran. Ka, nyt se lähtee tulemaan, katselee vuoteita, lukee nimiä ja numeroita, puhuu ruotsia... Päivystäjä kulkee lyhty kädessä edellä. Miehet ovat nukkuvinaan; joku todella nukkunut herää äkkiä, kavahtaa säikähtyneenä istualleen, tuijottaa, ei tiedä onko se unta vai tottako se on...

Jo tulee kapteenikin, astuu paroonin luo niin että kilistimet kalskaa, sopottaa raportin, käsi koko ajan lakinponnessa kiinni. Onpahan herrallakin herra... Parooni kysyy kaikenlaista, kysyy ammattia eräänkin miehen, jolla on tavallista valkeampi paita päällä ja tavallista hienommat patiinikengät vuoteen vieressä.

— Suutari se on, herra parooni.

Eihän se mikä suutari ollut, kauppapalvelija se oli, joka ei eläissään ole yhtään plikiä osannut lyödä. Mutta oli menneeksi suutari.

Jo nousevat yläkertaan.

— Soittaakoon tuo hälytyksen,... olisiko vetää housut jalkaan varoiksi.

— Eihän se miten pimeässä... Mutta tulipahan ukko, miten lie tullut, etteivät hakijat nähneet.

— Hevosellahan se onkin tullut, maantietä. Vaunut pysäytti tuonne kappaleen matkan päähän ja sieltä jalan toikkuroi.

Piisasi nyt puhetta miehillä, eikä sinä yönä paljo nukuttu. Kukin kertoi, miten oli nähnyt työntyvän oventäydeltä... kukin kertoi eikä kukaan joutanut kuuntelemaan. Uni kaikkosi ja aamulla ajettiin jo neljältä jalkeille. Pitihän tarkastuksen tapahtua sinä päivänä. Piti taas kantaa varushuoneelta kaikki ne eiliset kuormat ja pukeuta uudelleen juhlapukuihin, ja jo seitsemän aikana seisottiin rintamassa. Varoiksi ja muistoksi oli näet pidettävä pieni kertaus.

Se päivä meni kuin yhdessä huumauksessa, — tietäähän jokainen miten tarkastuspäivä menee. Parooni tuli, tarkasti ja kiitti. Juhlapäivähän se onkin tarkastuspäivä sotamiehille, — reservimiehillekin, — hauska juhlapäivä, jolloin he näyttävät mitä ovat oppineet. Jos tulee kiitosta ja kunniaa, niin he saavat lukea sen hyväkseen, vaan jos moitetta ja häpeätä tulee, niin se luistaa heistä ohi kohti esimiehiä ja päälliköitä. Näille, ylimmistä alimpiin, se on edesvastuun päivä, tilinteon päivä, ja tuskallisesti he seuraavat rakentamainsa sotakoneiden liikkeitä: onnistuukoon tuo nyt vai meneeköhän hullusti...?

Mutta parooni kiittää, kiittää päälliköitä ja kerää sotamiehet ympärilleen, puhuu jotain oudolla kielellä ja se hoikempi herra sanoo sen suomeksi, ja me huudamme kuin pyssyn suusta: "raadi staratsa vaasse..." Ja hurraten riennämme kasarmiin.

Me pidettiin pimeään asti juhlatakit yllämme ja saimme ylimääräisen annoksen teetä. Ja koko iltapäivän vallitsi kasarmissa sopuisa, hilpeä mieli, tyyntä tyytyväisyyttä kuvastui kaikkien puheista ja käytöksestä. Tuntui melkein kuin koko kasarmi olisi hyvillään hymyillyt, tietäen itsessään kunnialla suorittaneensa tulikoetuksensa.

X. Hallayö kasarmissa.

Ainoastaan maanviljelijä voi täysin käsittää ja tuntea kuinka tyly ja karvas ja musertava käsite tuo hallayön käsite on. Muista ihmisistä se enemmän on jokin etäisempi kansantaloudellinen kysymys tai ilmatieto, tai merkki viljan ja senkautta yleensä elintarpeiden kallistumisesta, — enintään se voi herättää jonkinverran sääliä ja armeliaisuuden tunnetta. Ainoastaan maanviljelijälle on hallayö elinkysymys, kysymys toimeentulosta ja kurjuudesta, se on jyrkkä ja ratkaiseva käännekohta, jossa salliman lahjomaton pakko pyöräyttää tien tasaiselta taipaleelta puutteiden louhikkoon ja rämeikköön. Sehän on luonnollista, ja sehän on tunnettua, onhan sen aikoja sitten jo tiennyt joka ihminen, minäkin. Mutta selvimmän käsityksen sain siitä — omituista kyllä — reservikasarmissa.

Olin määrätty vuorostani komppanian lähetiksi. Siinä toimessa oli tärkein ja raskain velvollisuuteni valvoa, ja siinä yhteydessä katsella ympärilleni minkä näin. Katsoa, että lamput paloivat, että ovet olivat kiinni, ja ettei kukaan miehistä lähtenyt omin lupinsa yönaikana liehkaan. Kovin vähän tehtävätä, sillä paloivathan ne kaksi lamppua kun ne kerran olivat sytytetyt, pysyiväthän ovet kiinni kun ne pantiin kiinni, ja mitä siihen tulee, että miehet olisivat lähteneet omin lupinsa kylillä juoksemaan niin — oho!

Kyllähän minä sen tiesin, että kun kerran iltahuuto oli pidetty ja pojat pääsivät lavereilleen pitkälleen, niin ei niillä siitä tehnyt mielikään nousta jalottelemaan vaikka olisi käsketty, ei ennenkuin heidät aamulla viiden aikaan hyvin suurella vaivalla saatiin ajetuksi ylös ampumaan. Sinelleihinsä kääriytyneinä he makasivat kuin porsaat pahnoissaan. Niin ne tekivät tavallisesti, mutta merkillistä kyllä, tänä yönäpä olivat harvinaisen valppaita ja liikkuvia, niin että se minua ensi aluksi melkein huoletti. Olin valinnut valvontapaikakseni pihamaan kasarmin oven edessä. Oikeastaanhan se olisi tainnut kuulua asiaan että olisi pitänyt valvoa sisällä komppaniassa, mutta kun siellä — syistä, joita jokainen lähemmittä selityksittä käsittää — ilma ei pysynyt aivan puhtaana, asetuin ulkopuolelle, koska sitäkään kumminkaan ei aivan suorastaan oltu kiellettykään. Sinne tulivat nyt miehet yksi toisensa perästä yökylmään lepäämästä vaatimattomilta vuoteiltaan.

Uni ei ollut maistanut, mieltä painoi huoli. Päivä oli ollut selkeä ja illalla oli tuuli kääntynyt pohjoiseen. Se oli nostanut mukaansa muutamia hataroita ja kylmännäköisiä pilvenhattaroita, oli ajellut niitä aikansa taivaalla, vaan juuri illan suussa, kun päivä laskeusi piiloon kasarmin kupeisen kukkulan taakse, olivat nekin pilvet häipyneet tiehensä. Tuuli tyyntyi, ilma kolkkoni.

Jo iltaspuuroa syömästä palatessaan olivat miehet päätään punoen vetäneet keuhkoihinsa kuivanraakaa ilmaa, ja katselleet huolestuneina läntistä taivaanrantaa, joka päivänlaskun jälkeen punotti pelottavan kelmeänruskoisena.

— Siitä se voipi hallan nostaa, sanoivat toisilleen näennäisellä tyyneydellä.

— Vilusennäköistä on, on liian puhdas taivas. Se on hallayö käsissä, jos vaan ei tuulemaan ruvennc. — Ihanhan jo näppejä puree. Kun kääntyisi tuuli toiselle kupeelle, niin pilvethän se nostaisi...

Menivät kasarmiin, pukivat sinellit päälleen ja valmistausivat iltahuutoon. Tuo tunti iltasen jälkeen oli tavallisesti hyvin hilpeä ja äänekäs tunti kasarmissa. Töitä ei ollut mitään, täysi vapaus vallitsi. Viulut ja käsihanurit soivat kilpaa, laulajapojat vetelivät iloisia virsiään ja opettivat toisilleen oman kylänsä lauluja, toiset pistivät polkaksi, toiset ponnistelivat sylipainissa. Niin tavallisesti, mutta ei nyt. Kasarmi oli melkein äänetön; hiljaista supatusta ja vakavata pakinaa kuului tuon tuostaankin nurkista, joihin miehet olivat keräyneet keskustelemaan yhteisestä asiasta.

Tulikoon tuosta hallayö?

Pidettiin iltahuuto, miehet komennettiin makuulleen, lamput väännettiin palamaan puoliliekillä. Unen helmoihin vaipuivat ne onnelliset, jotka eivät olleet riippuvaisia luonnon pelottavasta oikusta. Mutta toisten silmiä vältti uni, he eivät voineet rauhallisina pysyä lavereillaan; huoli veti heitä ulos. Sillä siellä uhkasi tuho.

Sieltä tuli Iskos-Paavo, loi tutkistelevana katseensa taivaalle ja koetti epätoivoisena kämmenellään maanpintaa: taivas oli harmajansinervä, jäänkarvainen; maanpinnalla oli vielä lämpöä vähäsen, mutta yö ei ollutkaan hetikään puolessa. Annas nähdään aamuyöllä tuossa päivännoustessa…

Sieltä vääntäysi Veripää, tuo ainainen iloinen veitikka, joka ei voinut kolmea sanaa puhua laskematta sukkeluutta, jolle hän itse leveimmin nauroi. Ei nyt naurattanut, ei keksinyt mieli mitään hauskaa puolta tässä näytelmässä.

Tuli Torikkakin, kynsäsi ensiksi yhtä korvallistaan ja sitte toista ja pakisi puoliääneen itsekseen tupakkaa pistäessään. Vieläpä Kaipiokin pilkisti arasti oven raosta ja asteli hiljaa miesten parveen.

Siinä he seisoivat äänettöminä yhdessä kohden, joukko lisäysi myötään, mutta pakina ei tuntunut luistavan. Yö kävi pimeäksi, vilu värisytti ruumista ja he seisoivat siinä yhä.

Muuan asteli aitavierelle, jossa pieni kaurapelto oli, ja puhui melkein kuin itsekseen:

— Taitavat nyt tareta tänä yönä nuokin kaurat, vaikka ovatkin siinä penkereellä ja huoneitten suojassa.

Siitä pääsi juttu alulleen.

— Kyllä ne siinä nyt kypsyvät, jos vielä päivällä olivatkin vihantina.

— Valkenevat ne nyt. Eikä ne säily viljat ylevämmilläkään mailla, saatikka sitten alavissa korpipelloissa semmoisissa, jommoisia enimmät ovat meidän paikoillakin.

— Entä sitten meidän. Suot kylmät ympärillä eikä vesiä äärilläkään. Tässä jo Laurin hallat näpistelivät potaatin varret ihan puhtaiksi ja veivät ne hernevähäiset ja lantut, mitä lie ollut. Rukiit toki saatiin leikatuiksi, mutta siitä ei epäilystä, etteivät ohrat ja kaurat tänä yönä ole meidän kylässä järjestään kuitit.

— Jos vain lie ilma tämmöinen meidänkin paikoilla, niin vähällä leikkuulla ja puimisella siitä suviviljasta tänä syksynä päästään. Enkä mene takuusen, ovatko rukiitakaan kaikkia saaneet talteen, eikähän ne tietenkään ole saaneet, kun ei pätöstä työmiestä yhtään ole koissa, ei kun akkoja ja lapsia.

— Meillä ovat taatusti rukiit vielä leikkaamatta.

— Ja taitavat saada ollakin. Huih! ihanhan tuo sinellin läpi kylmää...

Muutamat menivät sisälle, arvellen etteipä tuo halla huvenne jos tässäkin kärvistelemme, viepi se meittä vietävänsä. Mutta toiset eivät malttaneet maata mennä, eivät voineet. Heissä oli vielä rahtunen toivoa, mikä, joskin heikosti, taisteli voittoisan epätoivon kanssa. Kenties rupeaisi armelias tuulen henki hienosti heiluttelemaan lepän oksia ja viljan tähkiä, ja karkottaisi vielä viime hetkenä hyisen kylmän maanpinnasta. Kenties nousisi luoteesta pelastava pilven lonka, joka pyyhkäisisi lauhkeamman viiman yli hallaisen maan. Kenties...

Mutta ei. Taivas oli selkeä kaikilta kulmiltaan ja savu, jota miehet tupruttivat lyhvistä piipunnysistään, jäi itsepintaisesti yhteen kohti leviämään. Tuuli nukkui, halla herrasteli.. Jo heti puolenyön jälkeen kangisti se heinän kasarmin pihalla ja löi nurmikot harmajaan riitteeseen ja valoi kuuraa katoille. Kylmä mieli kangistelemaan jäseniäkin, kun yhdessä kohden seisoi.

— Valvoo se nyt vaarikin kotona ja kokoilee kaurojaan, tuumaili taas eräs miehistä pitkän äänettömyyden jälkeen.

— Jos tästä olisi kotipaikoille satuttu, niin ihan yötä myöten olisi nyt komennettu väki leikkuuseen, jotta yksikään riihellinen puhdasta viljaa olisi saatu, vaikka kesken kypsynyttäkin.

— Vaikkapa yksin olisin minä katkonut muutaman saran, jossa mitä ihanin ohra kasvoi. Sen saran olen itse kivikkoon muokannut ja muokannutkin hyväksi.

Taas pysähtyi keskustelu ja miehet hajausivat taas kävelemään erikseen ja yksikseen. Kaikilla oli heillä elävästi mielessään kotoiset olonsa, armaat työpaikkansa, joita säälimätön vihollinen nyt tuhoili heidän ollessa poissa ruunua palvelemassa. Minkäpä he juuri olisivat voineet kotonakaan tehdä, mutta kumminkin tuntui, että siellä, juuri siellä sitä nyt pitäisi olla.

He kävelivät äänettöminä edestakaisin, menivät kasarmiin, paneusivat makuulleen, mutta uni ei tullut. Viruivat hetkisen, nousivat taas ja kävelivät ulos katsomaan, miltä nyt ilma näytti, miten halla edistyi. Yö kului ja vilu kävi yhä purevammaksi. Se oli jo iskenyt rapakkoihin hienon jääriitteen, märkä maa oli kovettunut kankeaksi ja tönköiksi olivat kylmettyneet viljankin tähkät.

Päivä kävi nousemaan. Itäinen ranta punotti, ja valkasi valkean maan. Kylmä huuru lähti nousemaan maanpinnasta sitä myöten kuin päivän säteet alkoivat siihen paistaa. Mutta silloin se oli juuri kylmimmillään, tuntui siltä kuin pakkanen olisi tahtonut vielä kerran ja vihaisimmasti piirasta, ennenkuin väistyi pois koittavan päivän alta.

— Nyt se on valmis. Tuskin paraimmat rantapellot ovat tänyönä säästyneet jäätymästä.

— Valmista se nyt on. Ja talvi on elettävä edessä.

— Eipähän se ruunu ruoki, elettävähän se on... Jo tästä nyt joutaa makaamaan, kyllä tämän nyt jo tietää...

Minunkin muutto-aikani oli tullut, toinen mies nostatettiin seisomaan lähettinä. Mutta ei nukuttanut minuakaan. Vilkasin ympärilleni harmajaan, riitteiseen luontoon, jota kylmä usva sakeana peitti. Päivä nousi, mutta senkin valo oli niin kylmää, niin armotonta ja säälimätöntä, kuin sekin olisi tahtonut vielä masentaa voitettua luontoa. Se valaisi vain, näyttääkseen, mitä yö oli tehnyt, mutta ei lämmittääkseen.

Miehet tulivat kasarmiin yksitellen, allapäin ja äänettöminä. Viskausivat lavereilleen, sinellin heittivät hartioilleen. Nuo hauskat toverit, joissa en ollut ennen muita huolia nähnyt, kuin että saisivat "rukomminsa" ja "stroissansa" kutakuinkin välttävästi suoriamaan, ne olivat tänä yönä silmissäni saaneet aivan toisen muodon. Nyt eivät heitä soturitemput huolettaneet, nyt painoi mieltä raskaampi huolen taakka, huolet tempuista ja suoriutumisesta elämän kovassa, todellisessa taistelussa.

XI. Öinen retki.

Onko miestä sellaista, joka uskaltaisi lähteä?

Kului hetkinen, kaikki katselivat toisiaan äänettöminä.

— Lähde Sorri toiseksi, minä en sääli, puhui vihdoin Tuiran Heikki, ja silmistä kiilsi miehuuden tulta.

— No tuohon käpälään.

Sorri oli torvensoittaja, vakinaiseen väkeen kuuluva siis, joka temput osasi ja tiet tunsi. (Nyt hän on jo aikoja sitten pannut sotapillit pussiin ja vetää lantaa kotipellolle.) En luule että ilman hänen yhtymistään tuumasta olisi tullutkaan mitään, sillä reservimieheltä puuttuu tavallisesti se rohkeus ja päättäväisyys ja elämänhalveksiminen, jota tällaiseen yritykseen tarvitaan, jos sen mieli onnistua. Tuira oli siinä suhteessa yksin poikkeus.

Se oli näet rohkea ja vaarallinen yritys.

Puolentunnin perästä heidän tuli lähteä, silloin oli jo kyllin pimeä ja silloin nukuttiin jo kylässä ja kasarmissa. Ja vielä kerran otettiin puheeksi kaikki keinot ja mahdollisuudet, keskusteltiin supattamalla nurkassa, arasti varoen, jos ken liittoon kuulumaton tuli kuulomatkan päähän.

— Ja tapahtukoon kelle tahansa mitä tapahtukoon, suu kiinni niistä.

— Kukin vastatkoon itsestään. Parempi, että yksi kärsii kuin kaikki kuusi.

Se päätös meitä vielä vahvisti ja rohkaisi. Ja asiamiehet lähtivät. Sorri puki ylälaverilla sinellin päälleen ja veti kaikki remmit kiinteälle, jotta hän olisi notkea ja liikkeissään vapaa. Viiden minuutin perästä läksi Tuira; hän viskasi sinellin vain irti hartioilleen. Ulommas päästyään aikoi hän sen korjata ja tukkia valkoset housunlahkeet saapasvarsiin.

Sorrin piti kiertää hovinpellon piennarta pitkin ja aidan kuvetta, Tuiran taas toiselta puolen rukiin läpi ojanpohjaa pitkin ja maantien yli, ja vesakossa punasen ruununaitan takana piti heidän tavata toisensa. Sitten kulkisivat rohkeasti kylän lävitse kuin jos ainakin lomalla olisivat.

He lähtivät ja me muut laskeusimme lavereillemme maata, vedimme peitot yllemme kuin yöksi konsaankin. Vaan unta ei tapailtukaan. Päät ojennettiin kaidepuitten yli vastakkain ja kuiskaten keskusteltiin salaisin sanoin tuosta tekeillä olevasta tuumasta, joka oli niin rohkea ja jännittävä.

Olimme päivällä pyytäneet iltalomaa, vaan meille ei oltu sitä annettu. Oli ollut niin kuuma, niin hiki, niin jano, lasi olutta olisi maistanut niin mainiolta, — vaan ei päästetty kylälle. Se oli meistä vääryyttä, sortoa, se pisteli meitä ja me päätimme kiusallakin saada olutta — omin neuvoimme. Siitä oli tuumittu koko iltapäivä. Me tiesimme miten ankarasti tuollainen oli kielletty, vaan se juuri meitä kiihoitti, se teki asian jännittäväksi. Me halusimme kerrankin puijata tuota ankarata sotakuria ja naureskella sille. Tässä tuli kysymykseen olla yhtaikaa rohkea ja viekas... meistä tuntui kuin olisimme antautuneet vaaralliselle partioretkelle, kauas suojelevista joukoista, ja me tiesimme nyt menettelevämme ominpäin ja vastoin kaikkia käskyjä. Mielikuvitus rakenteli tuossa tuumattaissa kaikenmoisia vaaroja ja mahdollisuuksia, pelottavia ja viekottelevia. Jano oli jo aikoja mennyt menojaan illan viileässä, eikä mitään retkeilyn tarvetta ollut olemassa, päinvastoin oli ruumis väsynyt päivän vaivoista ja kaipasi unta ja lepoa. Mutta nyt ei ollutkaan enää kysymys muusta kuin: onnistuako vai eikö?

— Jos nuo tapaisivat luutnantin kylällä ja tämä kysyisi heiltä lomalippua...

— Silloin ne olisi pojat helisemässä, varsinkin jos tapaisivat hänet olutkoria kantaessaan.

— Vaan nepä eivät kylän läpi sitä tuokaan vaan kantavat törmän alustaa pitkin sillan alatse ja hevoshaan poikki rukiiseen. Ja kun ne kerta rukiissa lienevät, niin silloin, — ota kiinni!

— Ota kiinni tässä pimeässä...

Hyvin hämärästi valaisi pienelle liekille väännetty kattolamppu suuren kasarmin ja ulkona oli musta pimeys, niin musta kuin voi olla elokuun yönä kun taivas on pilvessä. Raskasta unenhengitystä ja kuorsausta kuului kaikkialta ympäristöstä, lähetin astuntakin oli tauvonnut, hänkin kai oli voipunut johonkin istualleen nukkumaan, — vastoin kaikkia asetuksia.

— Mutta jos se heittiö herää ja rupee meiltä kyselemään että mihin ne miehet lappaa. Kuka siellä lie lähettinä?

— Vihelä, nukkuu kuin porsas,... kun vain ei päivystäjä heränne, — mutta silloin se myrkyn lykkäisikin!

— Eihän se mitä,... ja mennään yksitellen.

Hitaasti kuluivat tunnit. Kello kasarmin seinällä löi puoli kakstoista, kun jo luultiin yön kuluneen ohi puolesta. Kävi kuumaksi maata täysissä tamineissa. Noustiin hiljaa, avattiin sinellirullat... vaan ylikerrasta kuuluu astuntaa... ja jo heräsi Viheläkin...

Odoteltiin tuskallisesti, milloin Sorri sopimuksen mukaan tulisi hiljaa koputtamaan ikkunaan. Mutta eihän ne vielä heti joudu... Liittolaisilta loppuivat pakinat, toiset makasivat ja tupakoivat, toiset olivat vaipuneet puoliuneen, — niinkö lie raukaissut, vai jänestämäänkö lie ruvennut... Tarpeetontahan se oikeastaan olikin antautua vaaran alaiseksi noin joutavan asian takia,.. — oluen juonnin, vaikkei ollut vähääkään janoa... hyvin se olikin poikamaista, jos sitä oikein ajatteli... Ja huomennahan sitä taas pyhälomalle päästäisiin... kun ei satimeen jouduttane... Jos vain asia ilmi tulee, niin siitä syntyy tutkimukset... ja kotiarestit ja putkat, — hyvä jos ei sotaoikeuteen menne...

— Ehkeivät olutta saakaan näin sydänyöllä.

— Yhden kai minulle tekee... rankaisemaankin rupeaa.

Kaikilla tuntui jo mieliala vähän raskaalta, vaan myöhää nyt oli peräytyä. Koetettiin rohkaista mieliä... Mutta missä ne miehet niin vitkaan viipyvätkään? Joku kasarmissa nousi vuoteeltaan, veti saappaat jalkaansa ja lähti ulos... Hiekkakäytävä kumahteli hänen askeleistaan... Kunhan vain ei nyt sattune Sorri tulemaan... Kuunnellaan. Ei, mies astuu jo takaisin, astuu kasarmiin. Mutta samassa helähtääkin ikkuna hienosti...

— Hiljaa, hiljaa ja yksitellen, ettei lähetti huomaa! Hiivittiin ulos, haparoitiin edelleen. Oli niin pimeää, että tuskin osattiin vanhalta muistilta kiertää keittiön taitse ja saunan kupeitse aidan luo ja siitä vesakon halki ruispeltoa kohden. Oksat risahtelivat edelläkulkijan jalkain alla ja opastivat seuraaville tietä. Maa oli kasteesta likomärkä ja tuuli repi sadetta. Jalat kastuivat heinikossa reisiä myöten ja unenarkaa ruumista puistatti. Päästiin pellonojaan, käveltiin sitä pitkin kappaleen ja jo oltiin perillä.

Joku repäsi tulta tupakkiinsa: näkyi ojassa olutkori, ojanpartaalla sen ympärillä istui miehiä sinelleihinsä kääriytyneinä. Sorri ja Tuira pyhkivät hikeä otsaltaan. Tiheänä kasvoi kahden puolen korkea ruis.

Sitämyöten oli siis retki onnistunut. Pistettiin tupakat, alettiin rupatella. Kukin otti oman pullonsa, työnsi tulpan sisälle ja imi pullonsuusta. Olisihan sen nyt pitänyt maistua kun se oli niin suurella vaivalla ja vaaralla saatua, mutta eipähän. Oli niin kylmää ja kosteata, muutenkin vilusti ja nukutti. — Into oli kuin vireestään lauennut.

— Kunhan vain ei päivystäjä kävisi vuoteita katsomassa.

— Eihän se mistä arvaa. Koetettiin rohkaista arkailevia mieliä; Sorri kertoi, miten he pataljoonassa kantoivat olutta aivan kasarmiin sisälle eikä ilmi tullut kuin joskus ihmeeksi... tämä ei ollut mitään sen rinnalla. Ja Tuira kerskasi, kuinka he nytkin olivat kulkeneet kylän läpi ihan luutnantin akkunan alatse, miten olivat väkisin ajaneet olut-ukon vuoteeltaan ja sitten pimeän päässä kantaa retuuttaneet rantakiviä pitkin.

— Rohkea se rokan syö, ja aina sitä pelastuu kun vain lie uskallusta.

Vaan ei tepsinyt sekään keskustelua vilkastuttamaan. Miehiä arasti ja kyllästytti. Yksi hätäili, että mihinkähän se olutkori siitä peitetään... muutenhan sen vääpeli tietysti löytää kun käypi nuuskimassa. Toinen huomautti, että aamulla pitää viideltä lähteä ampumaan ja kolmas ehdotti jo poislähtöä.

Rupesi tuntumaan niin lapselliselta, että aikamiehet lähtevät vuoteiltaan yönselkään ikäänkuin naurisvarkaat, ja ihan ääneen ihmeteltiin siinä haukotellen, että mikähän oli viekotellut tuollaiseen poikamaisuuteen... miltei jo hävettänyt.

Ei se ollut oluenjano eikä seikkailuhalukaan. Ei mikään muu kuin juuri kasarmielämä ja sotakurimeininki voinut tehdä noin lapselliseksi, pääteltiin. Kaikki mahdollinen ja enemmänkin kuin mahdollinen oli kiellettyä — rangaistuksen uhalla, — mutta mitä joku osasi tehdä vastoin kieltoa ja kiinni joutumatta, sen lukekoon omaan ansioluetteloonsa. Sen vuoksi jo pelkkä tieto että asianomaisten luvatta oli voinut jotain tehdä ominpäin ja pelastua pulasta oli kuoletettavaksi aiottua itsenäisyyttä ja yksilöllisyyttä siihen määrään hivelevää, että sen eteen saattoi uskaltaa paljo, ruveta lapselliseksikin.

Niin sitä tuumittiin, kun eri joukoissa hiivittiin heinikon läpi ja aitojen yli kasarmiin, vieläpä kun väsyneinä laskeuduttiin vuoteillekin ja muistettiin, että siitä parin tunnin perästä ajetaan ylös ampumaan. Ei huvittanut nyt Sorrin sukkeluuskaan; kun lähetti, jota sillä välin oli vaihdettu, ihmetteli, että mistä ne miehet työntyvät, kun hän ei muista ulos menneiksi, torui häntä Sorri, että vai sinä et muista, olet nukkunut... tästähän tuota vasta mentiin... varo vain, ettet toista kertaa nuku...!

Mutta aamulla sekin jo huvitti, oikein nauratti, ja seuraavina päivinä keskusteltiin tuosta retkestä paljo ylpeydellä ja mielihyvällä. Silloin taas tuntui, että oli sitä sentään oltu poikia, kun uskallettiin panna toimeen juomingit ihan kasarmin ääressä ja keskellä yötä. Ja vähitellen levisi tieto siitä retkestä laajemmallekin, ihmetellen kuuntelivat sitä muut toverit, ja tuumivat hekin, että poikia ne nuo sentään olivat. Ja jonkunlaisena sankaritaruna kulkee kertomus tuosta öisestä retkestä reservipolvesta reservipolveen kasvaneena ja kaunistuneena, ja toinenkin sitä kuullessaan virkahtaa:

Ne ne on olleet poikia!

SISÄLLYS